Cenas de um amor imperfeito

Menalton Braff

Cenas de um amor imperfeito

Romance

Copyright © 2021 Menalton Braff
Cenas de um amor imperfeito © Editora Reformatório

Editor:
Marcelo Nocelli

Revisão:
Roseli Braff

Imagem de capa:
Foto "Silhuetas na chuva", de AlexLinch

Design e editoração eletrônica:
Karina Tenório

Dados Internacionais de Catalogação na Publicação (CIP)
Bibliotecária Juliana Farias Motta CRB7/5880

Braff, Menalton, 1938-
    Cenas de um amor imperfeito: romance / Menalton Braff. –
São Paulo: Reformatório, 2021.
    152 p.: il.; 14x21 cm.

    ISBN: 978-65-88091-39-5

    1. Romance brasileiro. I. Título: romance.
B812c   CDD B869.3

Índice para catálogo sistemático:
1. Romance brasileiro

Todos os direitos desta edição reservados à:

EDITORA REFORMATÓRIO
www.reformatorio.com.br

Para Roseli,
Sempre o amor.

O amor fino não busca causa nem fruto. Se amo, porque me amam, tem o amor causa; se amo, para que me amem, tem fruto: o amor fino não há de ter por que nem para quê. Se amo porque me amam, é obrigação, faço o que devo; se amo para que me amem, é negociação, busco o que desejo. Pois como há de amar o amor para ser fino? [...] amo, porque amo, e amo para amar. Quem ama porque o amam, é agradecido; quem ama, para que o amem, é interesseiro; quem ama, não porque o amam, nem para que o amem, esse só é fino.

Padre Antônio Vieira

COMO CHEGAMOS A ESTE PONTO, nós dois, como pôde acontecer tudo o que aconteceu, se há pouco mais de dois anos seria absurdo pensar em tais possibilidades?, que itinerário percorremos inscientes para que não percebêssemos o que sucedia conosco?, essa ladeira escorregadia em que se tornaram nossas vidas? Não se vai de santo a demônio sem que seja por veredas de pedra e fogo, e se existe culpa, quem deve arcar com seu ônus? Não tenho dormido horas intermináveis, meus olhos em brasa dia e noite contemplando o abismo em que despencamos.

Era noite, quando cheguei, tarde da noite, deixando o carro no escuro da garagem, de onde saí pela porta lateral sem precisar de meus olhos, esta casa construída com nossa argamassa, tijolo por tijolo, seus nomes e feições, tudo pela nossa mão, cada quina, cada vão e reentrância meu corpo conhece. Apenas um pouco inseguros, meus passos dominaram os degraus que a noite escondia. Então a claridade, pouca, mas suficiente para que não temesse mais tropeçar num embrulho morto, imóvel, de onde sairiam fantasmas e assombrações. Deveria ter estranhado a janela da sala iluminando meu caminho.

Cansada, mas feliz por ter saído mais cedo do hospital, estava propensa a pensamentos confortáveis. O silêncio fora do costume (as noites de espera, Gustavo gastava na frente da televisão) assim como a sala iluminada foram prenúncios que não chegaram a tempo à minha mente. Meus sentidos já estavam devidamente informados, mas não me atingiam a consciência suficientemente para que me pusesse de sobreaviso. Cheguei meia hora mais cedo e atribuí a essa diferença de trinta minutos as demais diferenças. A Lurdinha, acostumada a chegar atrasada, me forçava a sair muitas vezes alguns minutos mais tarde do hospital, que não podia ficar sem uma enfermeira padrão como responsável. Meia hora mais cedo, sorrindo, entrou na sala das enfermeiras e disse, Hoje vim pagar meus atrasos. Fui liberada para cuidar de minhas dores, mas enfim, onde está escondida minha chave, se nunca a tiro da bolsa?, e vasculhando com dedos espertos o escuro da bolsa, fiquei parada na frente da porta, com seu tamanho mudo, à espera, bem mais alta do que eu. Defronte. A luz do poste se esboroava contra as paredes da casa do seu Oscar, nosso vizinho, deixando-nos numa penumbra em que só se viam vultos. Uma porta impassível. Pela fresta por baixo dela, a luz escorrendo, e a televisão desligada àquela hora me fizeram pensar que era uma noite diferente, e diferença muito além de meia hora mais cedo, será então que o Gustavo, ele, tomando conta de si mesmo, ele sozinho em casa era outro Gustavo, um homem desconhecido?, e assim, com pontas sensíveis dos meus dedos, eu procurava a chave ouvindo o silêncio quase sólido a escorrer por baixo da porta com a luz que parecia um vazamento que não se estancava.

Primeiro de leve, medo de acordar meu marido, em seguida, como não ouvisse resposta, minha mão enérgica espancou a porta porque a chave, misturada às bugigangas que sempre carrego na bolsa, não aparecia. Depois de bater com bastante peso, parei de ouvido à espera por uma resposta, teso ouvido, virado para o interior da casa, querendo entender, e sofri um começo de susto, o Gustavo, então, o que podia estar acontecendo?

Nunca dei grande importância às ameaças do meu marido, que fala demais, diz o que não deve, depois pede perdão, se ajoelha e chora, dizendo que sem mim ele não sabe viver.

A primeira vez que isso, essa descoberta do marido que agora era meu, por livre escolha, aconteceu foi logo depois do nosso casamento, talvez um mês, um pouco menos talvez, não me lembro, só sei que voltamos da lua de mel numa quinta, e, na segunda-feira seguinte, eu precisava voltar ao hospital porque minha licença expirava, e isso deveria ser encarado naturalmente, pois quando nos conhecemos eu já fazia estágio no hospital, com aquelas semanas em que meu horário ia das duas da tarde às dez da noite. Minha escala. Muitas vezes ele foi comigo até lá, e agora não sei se era para me fazer companhia, como afirmava, ou se era para fiscalizar meu ambiente de trabalho, como por fim suponho. Nunca vou ter certeza sobre algumas passagens de nossas relações. Uma pessoa leva consigo todas as significações do que viveu? As respostas, eu sei que jamais me serão dadas. E agora definitivamente.

No dia seguinte à nossa chegada da lua de mel, acabamos de almoçar e fomos para a varanda curtir aquelas horas restantes de ócio. Nos sentamos na varanda bem à vontade, abrigados que ficávamos pelos muros altos que nos protegiam. Detalhe da construção que tive de explicar ao Gustavo. A gente pode ficar à vontade, Gustavo, entendeu? E ele entendeu meu sorriso malicioso. Era janeiro, e prolongamos a lua de mel com as roupas de praia, os corpos quase nus. Então não resisti e estiquei a perna, começando a afagar com um pé sensual a coxa do Gustavo, que riu e disse, Não me faz cócegas, amorzinho. Aquela mudança de sentido do meu gesto, a intenção deformada, me irritou bastante, por isso entramos numa zona de silêncio escuro. Por fim, uma vingança disfarçada?, não sei, mas interrompi o silêncio e espicacei a couraça insensível do Gustavo, que não entendia minhas urgências, ao avisar que na segunda teria de voltar para o hospital.

O tempo livre, sem compromisso nenhum, e ele falando em cócegas! Me agastei, mulher rejeitada. E ferida. A informação, que não era nenhuma novidade, explodiu entre nós dois.

— Que merda de serviço, hein, Roberta. Por que você não cai fora desta porcaria duma vez?!

Percebi no verão da varanda quão irritado ele ficou com a lembrança do trabalho, mas na hora me senti gloriosa, vencedora, pois tinha atingido o nervo exposto do meu marido, e vibrei com a transformação da indiferença dele em fúria. Estava muito bem vingada do desdém com que o Gustavo tinha recebido meus afagos, mas era um sentimento ambíguo, pois me agradou saber que ele se importava comigo a ponto de me querer em casa, com ele, ao mesmo tempo que me assustou a maneira simplória de seu pensamento a respeito das necessidades financeiras de uma família. Casei com uma criança?

Meus sentimentos em relação ao Gustavo foram sempre contraditórios. Agora, a distância, me parece que os lavei em água limpa e os entendo melhor. Mesmo assim sem muitas certezas. Nada em nossa existência é certo, pelo menos sempre certo. Quantas vezes já se comparou a vida a um caleidoscópio?: as infinitas combinações do acaso. Como ter certeza de alguma coisa?

Não se passaram quinze dias daquela explosão da fúria do Gustavo, chegou a semana do meu tormento: o turno das duas da tarde às dez da noite. Meu marido não conversava mais comigo. Dez e meia, ao chegar em casa, ele me dizia boa-noite sem tirar os olhos da televisão. Só ia para a cama quando se convencia de que eu estava dormindo. Algumas vezes deixei a lâmpada acesa no criado-mudo e dormi sentada, as costas na cabeceira da cama, um livro aberto no colo. Ele espiava relanceando e não entrava no quarto. De manhã, quando levantava, só encontrava vestígios da passagem do Gustavo pela casa: farelos de pão sobre a mesa, restos de café na xícara, qualquer coisa destampada que pudesse me irritar. E eu firme, fazendo de conta que nada daquilo era comigo. Aquela semana de mau humor, com todos seus vestígios de um rancor mudo com cheiro de escuridão, se repetia a cada quinzena.

Até que, numa sexta-feira daquelas, a Lurdinha chegou muito atrasada e tive de estender meu expediente além da hora normal. O hospital não pode ficar sem uma enfermeira padrão responsável, e não tive outro jeito senão ficar esperando. Quando entrei em casa, ele estava sentado numa poltrona da sala, a luz acesa e a televisão desligada.

— Sua puta vagabunda, o que você anda fazendo na rua até uma hora destas, hein?

Ele me olhava furioso e se levantou com uns braços erguidos fazendo gestos angulosos e ameaçadores.

— Bate, Gustavo. Pode bater, mas vai ser a última vez. Ele retrocedeu, sem coragem de cumprir o que seus gestos ameaçavam. Os olhos me pareceram vidrados, como tenho visto em defuntos. Mas foi só por um instante e hoje me parece que aquilo não passou de uma alucinação minha. Apesar de ele não ter batido, naquela noite dormi na sala. Na manhã seguinte nenhum dos dois trabalhava e esperei que o Gustavo saísse do banheiro para me botar no corredor impedindo sua passagem. Eu já estava mais calma, quase com pena (outra vez) do meu marido. Na hora em que comecei a falar, contudo, comecei também a tremer. As pernas, os braços, meus lábios, tudo em mim tremia sem controle.

— Olhaqui, Gustavo, você foi bastante injusto comigo, foi grosseiro, e isso eu não posso admitir. Você deve ter plena consciência de que quem sustenta esta casa sou eu, porque o salário que você ganha não cobre nem suas vaidades. Que não são poucas, entendeu? Pois então, se você acha que eu sou uma puta vagabunda, pegue seus trastes e volte praquele pulgueiro onde morava sua família.

Minhas narinas não davam conta de sorver todo o ar que meus pulmões reivindicavam. Eu precisava estar furiosa num momento tão dramático. Na metade do meu discurso, entretanto, fui assaltada pela ideia temerosa de que o Gustavo poderia aceitar minha expulsão, e um frio me subiu pelas pernas e arrepiou meus braços. Me pareceu que estava trabalhando na minha destruição. A vertigem foi que me fez continuar: eu viajava para o abismo por minha vontade e carregada por uma força maior que a minha. Seria aquilo a volúpia da morte?

Em lugar de aceitar minha expulsão, o Gustavo se jogou de joelhos na minha frente, chorando com tanto empenho e arrependimento que suas lágrimas pingavam no piso do corredor e disse aquilo que eu ainda ouviria muitas vezes nos últimos tempos: que sem mim ele não saberia viver.

Aquela cena me deixou em pânico, sem saber o que pensar nem o que sentir. Ver o homem escolhido por mim para meu marido humilhando-se daquele jeito misturou horror, vergonha e irritação na minha cabeça. Ele me abraçou as pernas e beijou meus joelhos. Como é que depois de ver tudo aquilo eu poderia ainda duvidar do amor do Gustavo? A cena foi horrível, extremamente ridícula, cena de dramalhão de quinta categoria, mas quando se protagoniza uma cena dessas, sem ver de fora o que acontece é muito difícil um julgamento justo. Acabei me emocionando, me ajoelhei também e choramos abraçados por muito tempo.

O Gustavo jurou com os dedos em cruz que jamais me ofenderia novamente. Acabamos fazendo amor ali mesmo, no piso frio do corredor.

Naquela semana refizemos nossa lua de mel. O Gustavo trouxe flores da rua pra me agradar, o Gustavo, que sempre disse odiar flores, ia me esperar no portão quando eu voltava do trabalho, entrávamos em casa de mãos dadas. Fizemos amor todas as noites daquela semana.

Na quarta ou na quinta-feira, ele combinou com o Valdir e lá fomos os dois casais ao cinema. Sempre me queixei de sua indiferença por qualquer tipo de arte, por isso recebi seu convite como um presente. Estávamos casando outra vez depois de um quase rompimento? E eu sentia estar casando com outro Gustavo, um Gustavo remodelado. O Valdir é o maior amigo dele e acabei me afeiçoando pela Clara, mulher do Valdir. Depois do cinema, jantamos num restaurante do shopping, conversamos sobre assuntos banais, mas alegres, comentamos algumas passagens do filme, juramos amizade eterna e nos despedimos.

Foi uma noite para apagar completamente a cena ridícula do sábado.

Finalmente encontrei a chave encolhida por baixo da escova de cabelos e achei bom, pois já escorregava para um surto de pânico. Abri a porta e entrei e a primeira coisa que vi foram as pernas do Gustavo estendidas sobre o tapete, rodeei a mesa no centro da sala e deparei atônita com o sangue ainda vertendo de seu pulso e alagando a cerâmica por baixo de uma cadeira, mas então o que é isso?, como é que acontece dentro da minha casa esta bolsa e a chave como é que pode uma coisa assim?

Não consigo lembrar como foi, mas em dois segundos preparei um torniquete naquele braço entregue à morte, estirado ao lado do corpo. Percebi que o Gustavo ainda vivia e tentei arrastá-lo para o carro, mas não tive tanta força. Meus gritos de socorro trouxeram em pijama o vizinho do lado, o alvo do ciúme do meu marido. O caminho do hospital eu conhecia muito bem.

TERMINOU DE ATENDER O VELHINHO meio surdo e me encarou encantado, pelo menos foi isso que me pareceu, porque me tratou por senhorita de um modo tão raro e gentil, com melodia de herói na voz que encantada acabei eu. Ele estava provido de um rosto jovial, um semblante transparente como um céu azul. Eu vinha chegando do estágio e a iluminação das ruas do bairro já descia silenciosa dos postes. Tinha prometido o remédio a meu pai, que vivia com a saúde meio encrencada. Por isso entrei desprevenida na farmácia de seu Pereira, que era onde a vida toda nos abastecemos de saúde.

Seu Pereira se queixava com frequência da enxaqueca e, com sua voz arranhando a glote, ameaçava contratar alguém que lhe tomasse conta do balcão. Às vezes era visto com um lenço molhado na testa, ou com rodelas de batata nas têmporas. Sua enxaqueca não tinha o menor respeito por produtos industrializados, o que nos parecia um contrassenso. O melhor, dizia seu Pereira, seria me fechar num quarto escuro e longe de qualquer ruído. Pode-se fazer uma coisa dessas? Um homem como eu, desde os quinze anos atrás dum balcão, até hoje não adquiri o direito de curtir no escuro e no silêncio minha enxaqueca.

O rapaz que me encarou encantado, pareceu-me uma ótima solução para os males do seu Pereira, que agora podia retirar-se para os fundos da casa a hora que sentisse vontade. Uma das virtudes do Gustavo que cativaram a confiança do seu Pereira e a minha admiração foi o conhecimento que o balconista exibia com orgulho: ele sabia o nome dos remédios, para que podiam ser usados, as doses, mas principalmente o princípio ativo de cada um, com os nomes completos apesar de complicados. Para mim, que tinha acabado de entrar no curso superior de enfermagem, o Gustavo me pareceu um gênio. Pode tomar este aqui, que é mais barato e é a mesma coisa. Ele corria as pontas dos dedos pelas prateleiras coloridas percorrendo seu império.

A farmácia ficou sendo meu vício. Sempre que podia, dava uma passada por lá. Às vezes apenas para conversar com meu novo amigo, e fosse o pretexto bom ou não, era com ele que eu entrava, se tivesse de esperar eu esperava, mas não saía sem falar de alguma doença e ouvir falar de algum remédio. Muitas vezes deambulei por entre analgésicos e vitaminas, espiei cosméticos, perguntei sobre suas virtudes. Nossa amizade se sustentava de nossas áreas de interesse. Em casa, antes de dormir e depois de apagar a luz, eu pensava em segredo, esse rapaz e eu temos muitas afinidades, assim mesmo, no plural. Mas não sabia o que fazer com tais pensamentos nem com as afinidades.

Quando a Sueli, minha única confidente, me perguntou por que nunca confessava nada a respeito daquele rapaz da farmácia, ergui muito as sobrancelhas, pois não me ocorria coisa alguma que merecesse uma confissão.

Minha surpresa foi aquele telefonema da Sueli me perguntando se ficaria em casa no sábado à tarde. Como assim?, eu perguntei, mas ela não entendeu que telefonar perguntando se eu ficaria em casa era uma coisa inusitada, que nunca tinha acontecido. A casa dela estava a dois quarteirões das costas da minha. Chegávamos a qualquer hora uma na casa da outra nos tempos de crianças. Sempre fomos e voltamos juntas para a escola e, com exceção de rusgas normais da idade, bem poucas, éramos as irmãs que se encontraram já um tanto crescidas. Nossos brinquedos eram nossos e mudavam de casa sem estranhar o ambiente.

Respondi que sim, que ficaria em casa, e no sábado à tarde a Sueli me apareceu vestida como quem vai a uma festa, e esse foi o segundo susto. Já no ensino médio começamos a nos afastar, pois fui fazer um curso técnico de enfermagem ao passo que ela preferiu seguir outro rumo. Por fim, entramos ambas em faculdades com horários diferentes e em bairros muito distantes. Pouco nos vimos naquele último ano. Mas as mudanças de minha amiga me pareceram exageradas para tão pouco tempo.

Precisei convidá-la a entrar e, sentadas na sala, enquanto não me comunicava o motivo da visita, ficou tesa, sentada na beirada da poltrona. Pois bem, ela disse como se estivesse descarregando dos ombros uma carga maior do que ela. Pois bem, vim até aqui trazer o convite para meu noivado. Dito isso e entregue o convite dentro de um envelope onde pude ver meu nome e família, a Sueli afundou-se na poltrona, cruzou as pernas, voltou a ser a minha confidente.

Como entre nós não houvesse segredos, descreveu-me com detalhes, alguns até constrangedores, suas relações com o futuro noivo. Conversamos e rimos, recuperando as melhores partes de nossa infância. Por fim, ela olhou para o relógio, sacudiu a cabeça imitando uma irritação e disse que precisava ir embora.

Ah, sim, ela fingiu finalmente lembrar-se, e você não vai me contar nada daquele rapaz lá da farmácia? Foi a terceira surpresa. Ergui os ombros e arregalei os olhos, Mas que rapaz, Sueli? O da farmácia é meu amigo e nada mais do que isso.

Ela suspirou novamente: Ainda bem. Os olhos fechados e uma ruga na testa queriam significar sua profunda preocupação com meu destino. Então me contou que conhecia mais ou menos a família do Gustavo, uma gente muito esquisita, que não tinha amizade com ninguém da vizinhança, e entre eles mesmos se detestavam como cachorro e gato. Seu noivo era vizinho daquela gente antes de voltarem para seu estado natal.

Ouvi calada sua história, em que preferi não acreditar, pois não me fez bem ouvir aquilo. Foi a primeira vez que apenas fingi dar crédito às palavras da Sueli.

PODERIA SE CHAMAR AMOR ÀQUELES sentimentos confusos, inconstantes que sentia por meu marido? Às vezes chego à conclusão de que era piedade, talvez meu instinto de proteção, meu vezo de enfermeira. Em algumas ocasiões cheguei a pensar que era ódio o sentimento com o qual procurava mantê-lo a meu lado. Tinha necessidade de espezinhar meu marido para meu equilíbrio emocional. Mas então me via como um monstro, uma psicótica perigosa, uma sadomasoquista com necessidade de manter perto de si o objeto de sua sanha.

O amor sempre foi para mim um jogo sem regras e que jogamos de olhos fechados, por isso é impossível reconhecer suas faces. Nossas carências, nossos egoísmos, as trapaças afetivas em que nos envolvemos, de tudo culpamos o amor? De algumas palavras tenho muito medo. Tento esquadrinhar cada momento de nossas relações em busca de mim mesma e da verdade de meus sentimentos e sinto apenas que me embrenho num emaranhado sem fim.

O futuro ficaria escancarado à minha frente se eu conseguisse entender os indícios que encontrava. Mas eu não queria entender. A Sueli perdeu uma boa parte da minha amizade por ter transformado em palavras aquilo que eu deveria estar vendo desfilar diante de mim. Eu preferia acreditar numa farsa em que desempenhávamos papéis que nos impúnhamos até com certa alegria.

Meu primeiro encontro com o Gustavo poderia ser classificado de profissional. Depois vieram nossas afinidades. Não sei se perdi o sono de medo ou de prazer naquela noite em que ouvi seu pedido de socorro.

Quando entrei na farmácia mais ou menos na hora de sempre, as lâmpadas de mercúrio criavam na loja uma espécie de dia frio, intensificando as cores de embalagens enfileiradas nas prateleiras. Era dia de enxaqueca e Gustavo estava sozinho atrás do balcão, descansando o queixo na mão em pedestal. Mal me viu, abandonou seu posto e me pediu que sentasse a seu lado na poltrona de madeira que ficava ao lado da balança. Sua expressão era de quem está bastante aflito: os olhos muito abertos, medrosos, e a testa enrugada.

Estava ameaçado de morte pelo próprio pai, ele me disse. Era perigoso ficar em casa por aqueles dias. Tinha pedido a seu Pereira para dormir aquela noite na farmácia sobre um colchonete que o patrão lhe cedeu. Mas era apenas por uma noite. Não havia espaço em que pudesse ficar morando algumas semanas, isso não. Se eu... então parou porque as palavras não chegavam até a boca: engasgado.

Por uma besteira, ele continuou. Costumava entregar o salário ao pai, que lhe reservava uma pequena mesada. Havia muito que o velho vinha falando em voltar para sua cidade e cada tostão que juntavam era um dia a menos que os separava da terra natal. Antes de sair para o trabalho, durante o café da manhã, o pai exigiu-lhe que entregasse o envelope do pagamento fechado, porque filho só tem dinheiro que o pai der. Mas o dinheiro já tinha sido gasto na compra de uma bicicleta nova: a velha precisava de aposentadoria. Por isso, respondeu que, se trabalhava, o salário era dele, e que, para o pai, só daria o que quisesse. Não era mais nenhuma criança.

Levantando-se, o pai derrubou a mesa por cima dele, com xícaras voando, a garrafa térmica em cacos, os pãezinhos esparramados pelo piso. Por muito pouco conseguiu escapar para o quintal de onde ouviu o choro da mãe e os impropérios do pai prometendo matar o filho da puta. Ele, são como estava de manhã, era provável que não fosse muito além das palavras, mas costumava beber e tornava-se perigoso. Quase todas as noites chegava exalando as cachaças com que se atordoava nos botecos de seu caminho.

Um cantinho qualquer na edícula até que o pai acalmasse.

Não achei absurdo seu pedido, mas precisava conversar com meus pais. E foi o que durante o jantar eu fiz.

Percebi que relutaram, um olhando para o outro, ninguém querendo tomar a iniciativa da resposta. Perguntei-lhes se já o conheciam e ambos responderam que sim, aquele moço que trabalha na farmácia do seu Pereira. Olhar inteligente, traços finos, modos discretos. Acabaram concordando. Havia uma passagem pelo lado da casa que dava acesso da rua à edícula. Por alguns dias, sim, problema nenhum.

Todo meu empenho em ajudar o Gustavo, poderia ser aquilo o amor nascendo silencioso, sem estardalhar sua chegada?

Uma vez, depois de casados, o Gustavo me surpreendeu com a pergunta:

— Você acredita em amor sem ciúme?

Bem, pelo menos isso: ele também questionava o sentido e as formas do amor.

— Claro que acredito. O ciúme é sentimento de posse com insegurança, é o medo de perder ou repartir.

Nós estávamos na cozinha, depois do jantar, e não me apetecia lavar a louça. A esta altura eu já dispunha de dois empregos onde cansar, pois queria, além de corrigir alguns detalhes inconvenientes da casa, segredo de pedra, dar um carro zero ao Gustavo em seu aniversário. Vivia cansada. Por mais que pedisse, ele, meu marido, não ajudava no serviço da casa. Trabalho de mulher, ele me dizia, tou fora.

— Pois eu, ele recomeçou depois de pensar algum tempo, acho que amor sem ciúme é indiferença.

— Que merda, Gustavo, que assunto mais idiota você me arranja!

Ele me olhou com duas brasas e chegou ao ponto pretendido.

— Não quero que você fique de papo com esse Oscar aí no portão. Nunca fui muito com a cara dele, entendeu? E você fica dando trela pra um cara que eu mal cumprimento.

No tempo em que ele, por não ter para onde ir, e foi morar no cubículo nos fundos da casa do meu pai, que nós transformamos em seu quarto, ele fazia de tudo, um verdadeiro agregado, agradando minha mãe. Então ele não dizia que era trabalho de mulher. Meus pais, que, de início, aceitaram com relutância a vinda daquele moço pra morar na nossa casa (apesar da separação física, a edícula pertence à casa, faz parte dela) começaram a se afeiçoar ao Gustavo. E ele sabia como seduzir os dois, com pequenos serviços, com palavras mansas e amorosas e com todas as armas de que se serve alguém para tornar-se aceitável. Eu mesma, só vi crescerem meus sentimentos em relação ao moço a quem resolvi dar abrigo. Tem muita gente, eu pensei, que recolhe gatos e cachorros e leva pra casa. Por que não levaria eu um ser humano? Enfim, para a casa de seu pai ele não podia mais voltar porque havia finalmente retornado à sua terra.

A resposta não demorou a chegar, trazida pelos ventos do acaso. Minha mãe telefonou para o hemocentro, meu segundo emprego, avisando que minha tia Arlete acabava de falecer no Hospital do Câncer e queria que fôssemos para lá, por sermos os parentes mais chegados. Arranjei quem me substituísse e voei pra casa. De repente, não sei por quê, me deu vontade de integrar melhor o Gustavo à família e tive a ideia de ir buscá-lo na farmácia.

Cheguei de surpresa e fora dos horários de costume. A cena a que assisti não me permitiu certeza alguma, mas o embaraço dos dois foi ridículo. Tive a impressão de que ele largava a mão dela. Ou tinha acabado de entregar-lhe o troco?

Fui tratar de assunto sério, pois a morte é sempre assunto assombroso, mas não consegui deixar de iluminar meu rosto com um sorriso. Eram muito recentes as recomendações a respeito do Oscar, nosso vizinho a quem eu dava trela no portão, para que não achasse graça da cena a que assistia. Mas guardei em mim a vontade de rir sem comentar o assunto. Dar escândalo e servir de espetáculo não é propriamente meu forte. Disse ao Gustavo rapidamente a razão da minha inesperada visita e ele entrou pelo corredor da casa para chamar seu Pereira.

Não trocamos mais uma só palavra até chegarmos em casa. Ele parecia preparado para ouvir sermão, concentrado como pedra, empedrado, mas com medo. Meu castigo era o silêncio, este vazio que o mortificava.

Só bem mais tarde comentei com ele o papel ridículo que desempenhou naquele dia. O Gustavo ouviu em silêncio vermelho minha provocação, feita com a maior calma.

DESDE O TEMPO EM QUE A GENTE vinha aos sábados e domingos ver a casa nascendo, desde aquele tempo o Gustavo já sustentava sua birra contra seu Oscar, vizinho que morava ali do lado. Não suportava me ver conversando com homem nenhum e muitas vezes eu percebia que até de mulheres ele sentia ciúme. A Roberta, não, a Roberta, a Clara e o Valdir viviam dizendo, a Roberta é muito dada, sim, eu sei, sempre fui, mas isso incomodava muito meu marido.

Entrei em casa o dia morrendo, e me queixei de cansaço, Não sei onde!, ele zombou, e as zombarias do Gustavo tornavam-se cada vez mais mordazes, principalmente em determinadas circunstâncias. Queria te ver atrás de um balcão, de pé o dia todo, correndo de um lado pra outro, subindo e descendo escada.

Jantamos calados, o Gustavo de cabeça baixa, os cabelos caídos na testa, sem desgrudar os olhos do bife que ele cortava entortando a boca como se esquartejasse um inimigo.

Perguntei a ele se não queria lavar a louça do jantar. Serviço de mulher, Roberta, tou fora. Mas perguntei apenas porque a verdade me roça os olhos e me atrai, mas não vejo porque não quero ver.

Naquela tarde, quando cheguei, encontrei seu Oscar no portão da casa dele. Me cumprimentou muito gentil e perguntou pela saúde de meu pai. Parei um minuto para dar notícias do seu Nivaldo, que eu sei, ele mal conhece, mas faz o papel de vizinho civilizado, e, enquanto falava, vi dois olhos furando a cortina da janela da sala.

Sentado em seu lugar, o Gustavo alongou os braços cruzando os dedos, o rosto vermelho do esforço, enfim se sentiu em condições de falar. Ele se aproveita porque você é muito tonta. Uma coisa que não gosto, em você, Roberta: conversa com qualquer um, dá risada onde não deve, encara homem estranho, umas coisas que me chocam. Então vai ficar pra amanhã, acabei dizendo.

— Quem?

— Quem o quê?

— Quem vai ficar pra amanhã?

Expliquei que não tinha força nem pra respirar e que por isso ia deixar a louça suja na pia, que no dia seguinte eu lavava. Mas e a lâmpada do escritório, perguntei como se o escritório fosse dele, você já trocou? O Gustavo respondeu que não tinha queimado lâmpada nenhuma. Você é que se tranca lá o tempo todo que pode pra fugir de mim. E ele tinha razão. Me trancava com meus pensamentos sempre que podia, com cara de pensamentos trancados. Eram as horas em que me recompunha e me apalpava em busca de explicações, as horas em que o Gustavo demonstrava seu ódio fazendo todo barulho que podia. Ligava e desligava a televisão, botava aquelas músicas detestáveis de que ele gostava no aparelho de som, batia o martelo em qualquer objeto que fizesse barulho.

Sem preparação nenhuma, me perguntou, Você acredita em amor sem ciúme? E eu fiquei mastigando pensamento antes de responder, que claro que acredito, e fiquei falando mal do ciúme, como se fosse um sentimento pesado, estranho, uma ferida no rosto da pessoa.

— Pois eu acho que amor sem ciúme é indiferença.

Quando ele me encarava com aquela seriedade deformando seu rosto, eu já sabia que era a hora de me sentir odiada. Ele pegou um garfo e começou a bater no prato num ritmo completamente absurdo.

Ele se queixava muitas vezes de que era difícil conversar comigo, que eu tinha resposta pra tudo e nunca me dava por vencida. Por isso fiquei calada, as mãos estendidas sobre a toalha, fingindo-se de mortas. Eu imaginava que ele tivesse um tambor trovejando dentro de sua cabeça: o retrato da cena surpreendida e registrada através da cortina – nós dois conversando no portão, quando cheguei. Por fim, não suportei mais sua insistência e simplesmente apelei para minha voz mais irritada e disse que o assunto era uma merda. Ele sorriu entortando a boca para o outro lado, o esquerdo, crente de que meus argumentos tinham acabado, por isso a retirada. Sentindo-se dominar o assunto, resolveu concluir. Me disse que não gostava de ver nós dois, eu e o seu Oscar ali do lado, conversando no portão.

— Já tem gente na rua rindo da minha cara, entendeu? Cochichando que não passo de um corno. Assim você me desmoraliza com a vizinhança, entendeu?

Havia ocasiões em que o Gustavo dizia ou fazia alguma coisa em que nem ele mesmo acreditava, apenas como se fosse um jogo no qual estivesse implicado e sem possibilidades de cair fora. Sentia que se afundava, mas não tentava emergir.

Não disse a nem b, fiquei quieta e fechei os olhos como se fosse dormir sentada na cadeira. Senti minha respiração um tanto ofegante, mas procurei disfarçar para que ele não percebesse meu desconforto. Minha cabeça balançava com os cabelos varrendo os ombros, o rosto virado para o teto da cozinha. Sem ter o que fazer, ele ficou mexendo com o garfo e batendo no prato naquele ritmo idiota e irritante, então lhe pedi que parasse com aquilo, e ele parou definitivamente parado e, flutuando num silêncio incômodo, ficamos longe dali, longe de nosso instante por consequência, apenas, de sua sinceridade ao me revelar o mal que lhe fazia ver o vizinho paquerando sua mulher. Depois de ouvirmos os ruídos noturnos do bairro (buzinas, latidos, um grito) por longo tempo, ele recomeçou, Você veio com essa conversa de que ciúme é medo de perder. E é mesmo. Pode ser. Eu sei, conheço melhor do que você o medo de perder. Os anos me treinaram no sentimento de perda.

Entendi que ele me considerava agora um troféu que havia conquistado e que jamais aceitaria perder.

Quase perdeu. No dia em que me prontifiquei a ajudá-lo e, quando aceitou, sentiu que seu destino mudava inteiramente de rumo. Dois dias depois, me chamou na edícula e me contou, Sabe, Roberta – sua voz ainda não tinha aquele som metálico querendo ser imperioso –, não foi invenção minha aquilo, de que meu pai poderia até me matar. Meu pai bebe mais é nos fins de semana, mas quase todos os dias chega em casa fedendo à cachaça, e quando bebe perde o juízo. Ele foi me contando como era sua vida com seus pais. As brigas por causa de dinheiro, as ameaças que ele fazia. Não havia fim de mês em que não houvesse bate-boca, cada vez mais violento.

— Quando ele descobriu que eu tinha encostado a bicicleta velha e tinha comprado uma nova a prestação, jogou a mesa por cima de mim e uma xícara me pegou de raspão na cabeça.

A história toda que ele contou era verdadeira e com ela estava praticamente me pedindo que o deixasse ficar na edícula. Por fim, fui conversar com o pai, porque os dois, o pai e a mãe, já vinham me cobrando uma solução. Se era só por uma noite, como era que ele continuava lá depois de quase quinze dias? Ele começou, depois daquele dia, a fazer de tudo para agradar meus pais. Até lavar louça andou lavando. Mais tarde contei a ele que mostrei a meus pais o perigo que era sua volta para casa, e os dois se comoveram. Por isso foi ficando. Não queria mais perder.

Suas roupas, seus documentos, tudo que era seu foi aos poucos carregando, aproveitando as horas em que sabia meu pai ausente. A mudança do Gustavo nunca pareceu definitiva: ela deu-se de forma tão gradual que ninguém se deu conta de que ele estava instalado naquela edícula para não sair mais de lá. Sua mãe, ele me contou, despediu-se chorando a última vez que se encontraram. Ela e o marido estavam de passagem comprada para os confins de onde tinham vindo um dia atrás do Eldorado.

Finalmente eu tirei os olhos do teto e o encarei. Mas continuei muda. Ele percebeu finalmente que estava faltando alguma coisa.

— Uma vontade de tomar um cafezinho.

— Café à noite, Gustavo? Café à noite tira o sono.

— Eu sempre tomo e durmo muito bem.

— Pois então fique à vontade, pode fazer o café.

— Ah, não. O café que você faz é muito melhor.

Eu continuei a encará-lo e achei que o tinha convencido de que estava realmente cansada. Por fim, me levantei e fui para o fogão. Enquanto nos movimentávamos, não percebíamos o tamanho do silêncio que às vezes nos separava. Mas estava certa de que ele tinha percebido quanto fiquei magoada, irritada, revoltada, quando ele disse que não gostava de nos ver os dois conversando no portão, por isso o agredi com meu silêncio. Depois, preparando uma xícara de café, me distraí um pouco e a raiva passou.

Os pais, a gente sabe, querem para os filhos um futuro estável, tranquilo, mesmo que medíocre, uma vida como a deles mesmos, geralmente. Ouço isso desde o entendimento das primeiras palavras. As verdades introduzidas a marreta. Os pais do Gustavo teriam dito essas mesmas verdades? Bem, mas foi como entendi a oposição desmedida encontrada em meu pai quando, uma noite, ao chegar da escola, revelei minha pretensão de ficar noiva do Gustavo. Ele, o que tem, minha filha, é a roupa do corpo, que nem é muita, aquela bicicleta barata e o emprego na farmácia. Mais nada. Me diga uma coisa: e como é que vocês dois vão viver? Meu pai teria escolhido pra mim um marido que tivesse um bom emprego e um salário suficiente para minhas necessidades. Em alguns assuntos ele vive em outras épocas.

Não respondi porque aquilo não era propriamente um pedido, mas um comunicado.

As pessoas estavam começando a reparar naquele rapaz mais ou menos da minha idade e morando na mesma casa. Alguns, da família, já apalpavam minha barriga com olhos envenenados. Menos a tia Arlete, que parecia adivinhar tudo. Magra e pálida, como ainda me lembro dela, tinha um sorriso triste de quem sofre do estômago, se trata do estômago, diziam os outros parentes, e aquilo tinha algo de sagrado: um estômago precisando de tratamento.

Era desagradável ver o rapaz socado na edícula muitas vezes os fins de semana inteiros, vendo televisão numa telinha de dois palmos ou menos. Vinha até a cozinha na hora das refeições, terminava de comer com sua boca delicada, perguntava se alguém precisava de ajuda e voltava para sua toca. Seus modos, aquele jeito encolhido e devagar, estavam me parecendo de um cachorro de rua, sujeito aos pontapés de qualquer passante. Eu pensava nele, mesmo quando estava na escola ou na rua, sabendo que era um ser rejeitado pela própria família.

Ah, meu pai antigo, depender daquele emprego dele e apenas daquele, também não fazia parte de meus planos de vida. E não estava apenas pensando no meu diploma já visível a olho nu. Por isso, numa das refeições em que nos encontramos, sugeri a ele que voltasse a estudar, eu poderia ajudá-lo. Como tivesse perdido muito tempo, matriculou-se num desses cursos noturnos de aceleração. Eu estudava à noite e ele trabalhava durante o dia, de sorte que pouco nos encontrávamos. Mesmo assim dei um jeito de cumprir minha promessa: nos sábados à tarde e nos domingos a qualquer hora. Sentávamos à mesa da sala e eu, mesmo sacrificando minhas tarefas da faculdade, conseguia ajudá-lo nas matérias em que tinha alguma competência. Aquilo me dava imenso prazer. A companhia prolongada do Gustavo era para mim um gozo desconhecido. Uma alegria muito grande me entrava pelos olhos quando os olhos dele me penetravam.

Aqueles encontros de estudo, para a vizinhança, era o que estava faltando em nosso bairro, muito pobre em escândalos. Como é que um homem sério, como meu pai, aceitava o amante da filha dentro de sua própria casa? Por mim, aquelas conversas não incomodavam coisa nenhuma, mas comecei a perceber que a imagem da família ia sendo afetada. E isso começou a me chatear. Minha mãe, sempre tão alegre, era encontrada chorando com muita frequência. Cozinhava soluços sentidos e arrumava a roupa suspirando.

Nesta época me ocorreu que a situação tornava-se insustentável e tentei imaginar uma solução em que o Gustavo desaparecesse lá de casa e da minha vida. Mas quando pensei nele sumindo do meu horizonte, meu estômago ficou embrulhado. Ninguém tinha o direito de me tirar o que era meu. Não foi bem isso que senti, pelo menos como entendi o fato na época. Hoje, da distância que me separa daqueles acontecimentos, posso chegar desapaixonada a essa conclusão.

A partir daí comecei a fixar meus olhos nos olhos dele, que a princípio desviava os seus, intimidado. Até o dia em que usei o pretexto de sua péssima caligrafia e peguei na mão dele para desenhar melhor sua letra.

Depois disso, nossos pés tocavam-se por baixo da mesa durante as refeições, nossos olhos disfarçavam promessas à frente de todos sem serem descobertos, enfim, começamos a empregar tudo que nossa imaginação produzia para o benefício de nosso namoro clandestino. Se alguém me dissesse que eu estava ficando apaixonada por aquele ser que tinha acolhido, eu não saberia negar ou confirmar. Havia confusão em minhas ideias, que não se juntavam nem se organizavam.

Logo no início da estada do Gustavo em nossa casa, sua estranha entrada em nossa família, quase todos os dias eu perguntava se ele tinha telefonado para o pai dele, se tinha visitado a mãe. Ele se evadia dos assuntos familiares, o semblante descaído como se tivesse acabado de levar uma surra. Mas meus pais me pressionavam com todas as razões a tiracolo.

Num dia em que teve de sair de bicicleta, um dia frio, tomou uma chuvarada nas costas e chegou de volta quase sem voz. A chuva tinha ido para outros lugares e o Gustavo estava ainda com a roupa molhada grudada ao corpo. À noite minha mãe me disse que fosse à edícula que ele queimava de febre. Foi meu primeiro diagnóstico sem supervisão: pneumonia. Ele estava bem mal e não podia trabalhar. Por isso parei de pressioná-lo para que voltasse para a casa dos pais. Eu dizia que ele era minha aula prática e todos riam. À medida que foi melhorando, contudo, achei que, se não podia viver com os pais, ele deveria procurar outra casa que o acolhesse. Já estava são, ou quase são, se virasse sozinho. Uma tarde, bem antes da hora de sair pra faculdade, ele me chamou e quis contar sua história. Repetiu tudo que já conhecíamos, todos aqui de casa sabiam: seu próprio pai o ameaçara e não só uma vez de morte: briga por causa de dinheiro – o salário baixo.

Era evidente que sua confissão não passava de um pedido de asilo.

E o asilo foi concedido.

Termino o curso e a gente casa, era minha frase de quase toda semana, quando nos reuníamos para estudar. Eu notava que meus pais já sentiam certo desconforto ao nos verem juntos com tanta frequência, deveriam ouvir histórias pela vizinhança, mas principalmente da parentalha. Tia Arlete era a única a sentir alguma afeição pelo Gustavo. Ela chegava, sentava na sala e me pedia que o fosse buscar lá na edícula. Ele também deveria sentir algum prazer em sua companhia, pois era capaz de passar uma tarde inteira conversando com ela.

Mas não foi bem assim como vinha prometendo, isso de terminar o curso e casar. Comecei a trabalhar pra valer, mesmo, depois de diplomada, e combinamos que não haveria casamento sem uma casa que fosse nossa. Casar e ficar pagando dívida ou aluguel, não fazia parte de nossos projetos. E nisso eu tinha apoio completo do Gustavo. Houve épocas, naquele primeiro ano, em que tive até três empregos. O casamento não era mais só uma questão de amor: sofrendo a pressão de quase toda a família, resolvi que era preciso enfrentar qualquer oposição para demonstrar quem é que manda na minha vida. Oficializei nosso noivado em um jantar para o qual convidei três tios e duas tias. Sem carregarem junto a filharada. Aleguei questões financeiras. Da família do Gustavo não convidamos ninguém. Nem ele soube me explicar direito onde encontrar qualquer parente seu. Ele dava umas indicações vagas, como, Lá pelo interior de Minas, e mais nada.

Foi uma primeira decepção, ardida mas suportável, o modo como ele não reagiu às minhas tentativas de incentivo para que procurasse um emprego onde pudesse ganhar mais. Na minha frente, cara a cara, ele concordava comigo. Meus olhos nos seus, dizia que sim, mas claro, vou dar um jeito nisso. As semanas passavam e ele não mudava em nada sua rotina. Comecei até a desconfiar de que ele tivesse abandonado a escola. Saía com cadernos e livros, voltava em horários estranhos e se recusava a aceitar minha ajuda. Agora já posso estudar sozinho, ele me dizia, cínico.

Nosso noivado, posso dizer que transcorreu dentro da casa do meu pai. Com muito desconforto por causa das caras que os dois faziam, as caras de descontentamento. Saíamos muito pouco e saíamos de preferência com algum acompanhante. Ter um noivo à distância de uma edícula me causava bastante embaraço. Evitávamos com esforço consciente qualquer cena mais íntima que pudesse ser presenciada pelos vizinhos, mas também fugíamos dos olhares de meus pais para nossos beijos e abraços, que se tornavam a cada dia mais impetuosos. Ele dizia, mas se vamos casar, que bobagem ter de ficar esperando. Resisti e não por causa da honra, mas por uma questão de honra. Resisti para ter certeza de que as línguas eram de fato venenosas.

Muitas noites estive tentada a bater à porta da edícula, meu corpo pulsando de desejo, mas esfriava só de imaginar que isso daria razão a todas as maledicências com que nos conspurcavam. Nem era uma questão de moralidade, isso de não fazer amor antes do casamento. Era uma atitude de rebeldia, o desejo de manter minha virgindade como vingança contra vizinhos e parentes.

Agora já era mais fácil admitir que eu estava ficando apaixonada pelo Gustavo.

Nem tudo se diz nem é possível dizer num relato como este, em que recorto, bordo, aparo até conseguir que minhas palavras expressem algumas situações da minha e da vida de pessoas que têm ou tiveram alguma importância para mim. É minha tentativa de pôr um pouco de ordem no caos da minha existência. Por pura intuição sei que os fatos da vida não possuem todos o mesmo valor. Tento expurgar esta narrativa de tudo que seja desnecessário para o bom entendimento do que houve entre nós.

Até agora a Sueli tinha aparecido apenas de raspão na história e isso por absoluta falta de necessidade, pois eu não precisava dela para revelar vários aspectos da minha vida com o Gustavo, mas para ser fiel ao que vivi nestes últimos anos, sou forçada a chamá-la para testemunhar minhas adversidades.

Nos criamos praticamente juntas, brincando nas salas de nossas casas, depois nos quintais quando as brincadeiras amadureciam nossas vidas, pois a casa da Sueli ficava a dois quarteirões dos fundos da minha. Além de próxima, era uma casa com quintal enorme onde o pai dela guardava o caminhão e onde brincávamos debaixo das árvores. De tão amigas, nós duas, chegamos diversas vezes a combinar que, casadas, só aceitaríamos morar uma ao lado da outra. E isso com juramento de sangue, dedo no dedo, enganchados, que era como acreditávamos que um juramento seria eterno. Se os maridos preferissem apartamento, teríamos de escolher os nossos no mesmo andar para continuarmos as brincadeiras de crianças. O ensino fundamental todo fizemos juntas, na mesma escola, namorando os mesmos meninos, que se atrapalhavam muito ao serem flagrados em bigamia precoce.

    Foi no ensino médio que começaram a ficar espaçados nossos encontros. A Sueli queria ser web designer e meu sonho sempre foi a enfermagem, por isso ela teve de escolher uma escola técnica, no centro da cidade, enquanto eu procurei um curso técnico de enfermagem, que ficava perto de casa. Tornaram-se raros nossos encontros porque ela ia para a escola de ônibus e eu gastava quinze minutos a pé até a minha. Por uns tempos ainda tivemos os fins de semana para nós e nossas brincadeiras, que a esta altura já eram bem diferentes, eram ensaios para a maturidade. Mas duraram muito pouco, os ensaios, porque a Sueli arrumou um namorado, colega de escola, e nos domingos os dois namoravam, é claro, e dispensavam minha companhia. Nos cruzávamos até com certa frequência, coisa de minutos, e nos vingávamos nos sábados, escondidas e confidentes, provocando a contrariedade de nossas respectivas mães, que nos queriam nos trabalhos domésticos, Porque amanhã é domingo, você não entende?

Entrei na faculdade e a Sueli foi contratada por uma empresa de prestígio, com um salário, se é verdade o que me contou, muito bom. Eu sempre soube que ela se daria bem na vida, pois competência nunca lhe fez falta, em qualquer coisa que inventasse fazer. Nossas relações continuavam mais ou menos como tinham sido até então.

No terceiro ano da faculdade aconteceu aquilo tudo com o Gustavo, aquela briga com o pai dele em que viu a mesa derrubada e cacos de louça no chão, detalhes que ele me contou bem mais tarde, nós dois sentados numa poltrona de madeira na farmácia e ele me perguntou se um canto da edícula poderia abrigá-lo por uns dias. E eu, tonta, esta pateta aqui, encantada com seu rosto de anjo, pálido, mas de traços belos, resolvi que se há pessoas que acolhem gatos e cães, por que eu não acolheria um ser humano? A Sueli, quase um ano antes, tinha me alertado: uma gente complicada, ela disse. Um dia me parou na rua e me disse, Roberta, você não acha muito esquisito este carinha aí ocupando a edícula da tua casa, como se fosse um hotel? Por que você não devolve o sujeito pra família dele?

Respondi o que eu já estava treinada a responder, principalmente pra parentalha, Escutaqui, conheço muita gente que não pode ver um cachorro sarnento na rua que leva pra casa, dá banho, dá comida, dá carinho, e por fim, se afeiçoa e dá casa também. Existe ou não existe? Pois então, e você estranha que eu dê casa a um ser humano?

A Sueli, a vida toda com suas espertezas. Piscou um olho logo acima dos lábios repuxados de tanto subentendido e me botou o argumento para um canto. E um ser humano muito especial, não é Roberta? Ela, minha confidente da infância e da adolescência, não tinha o direito de maliciar, mas tinha todas as razões da malícia, por isso me fez avermelhar de muda vergonha.

Depois disso, não falamos mais no assunto, pelo menos de forma direta, e isso por bastante tempo. O Gustavo curou-se da pneumonia, e voltou a trabalhar. Uma noite, chegando da faculdade, encontrei meu pai de jeito, então comuniquei a ele, assim, de repente, que só ia esperar o término da faculdade pra me casar com o Gustavo. Houve gemidos e ranger de dentes, dos meus pais e de uns parentes de quem eu nem me lembrava mais e que começaram a aparecer lá em casa porque tinham vontade de ver o noivo da maluca: eu. Louca de pedra, eles comentavam pelos cantos, casar com um enjeitado.

A notícia do meu noivado fez mais sucesso do que o acolhimento do Gustavo na edícula. Eu sabia disso. Era um prazer muito grande que eu proporcionava à vizinhança. Agora tinham assunto mais popular do que os capítulos das novelas. Eu era uma personagem ao vivo, com peso, cor e cheiro, que todos eles podiam ver e tocar sem medo de contaminação.

No sábado seguinte, fui ver como estava a Sueli, que andava com suspeita de dengue. Uma visita quase profissional. O quarto da minha amiga, velho conhecido, me pareceu eriçado quando entrei. A veneziana fechada, um amontoado de livros e peças de roupa sobre a mesa, o cheiro da febre, que eu já conhecia bem, a cama desarrumada, com as duas pernas escapando do edredom e a Sueli dormindo ou fingindo que dormia.

Eu mesma acendi a luz e fui abrir a janela.

— Neste ar empesteado, Su, você nunca que vai sarar.

Ela me respondeu que o médico já tinha estado em sua casa, recomendando repouso. Não era nada de dengue, mas uma virose qualquer. Ingenuidade bem idiota a minha, que não percebi aquela alusão ao médico, como dispensa dos meus serviços, talvez da minha presença. Só mais tarde, bem mais tarde, revendo algumas cenas de nossas relações, percebi a verdadeira intenção da Sueli.

— Mas repouso não precisa deste abafamento, querida. O ar precisa de renovação.

Desde as primeiras palavras senti a dificuldade que minha amiga tinha de se dirigir a mim. Ela estava mais doente de mim do que de si mesma. Me deu vontade de perguntar o que estava acontecendo, mas eu não precisava de sua resposta para saber. Por isso fiquei quieta, à espera da reação da Sueli. Me sentei na beirada da cama, sua cadeira estava ocupada com roupa, dando-me a impressão de que ela se trocara e deitara naquele instante.

A mãe da Sueli veio até a porta e me cumprimentou. Aproveitei o movimento para colocar as costas de minha mão na testa da doente. Febre debelada. Ela me deu a impressão de se sentir mal com meu exame. Sua frieza era tal que pensei em me retirar, mas enquanto relutava, a Sueli, sem me encarar direito, começou com uma pergunta.

— Então é verdade que você vai casar com seu inquilino?

Bem assim, sua pergunta. Com seu inquilino. Algumas vezes, antes de saber de nosso noivado próximo, a Sueli me dizia coisas terríveis da família do Gustavo. Seu noivo tinha parentes que vizinhavam com os pais do Gustavo e comentavam pelo simples prazer de passar informações a respeito daquela família complicada. Gostar não, não gostava de ouvir. Poderia até me sentir ofendida com a intromissão, mas calava por ser a Sueli quem era e porque nada do que ela dizia afetava de qualquer maneira meu pensamento.

— Vou casar com meu noivo, por quê?

Ela escondeu o rosto virado pra parede, o corpo inteiramente imóvel, e isso por bastante tempo, um tempo congelado e aflitivo por causa do silêncio, então voltou-se pra mim e pediu:

— Eu estou com frio. Você pode me fazer o favor de fechar a janela?

Fechei a janela com a delicadeza com que se fecha a janela de uma doente, como se a própria janela pudesse sentir qualquer movimento mais brusco. Terminei de fechar e fui saindo lentamente do quarto. Da porta, me despedi, apaguei a luz e saí.

Depois desse dia, nunca mais voltamos a conversar. Em qualquer encontro casual na rua, a Sueli me evitava, seu cumprimento, quando cumprimentava, era com os olhos se arrastando na calçada, o rosto com uma concentração estranha de quem passa por grandes dificuldades. A Sueli ficava mais feia, com uns traços duros, de mulher má. Talvez ela tentasse, com seu novo comportamento, me demover do projeto de casamento. Muitas vezes pensei isso mesmo e até perdoei.

Depois de casada, fomos morar em nossa casa, no bairro que escolhemos e onde compramos um terreno, uma espécie de trapézio, para construir a casa com que sonhamos. Nunca mais vi a Sueli. Nosso juramento de crianças de nada nos serviu.

O VALDIR E A CLARA passaram de dois mil pontos e bateram. Eles me pareciam um casal feliz. Mas de uma felicidade meio raquítica, de se olharem como se a vida toda, desde o nascimento, estivessem de olhos um no outro. Um olha para o outro como se fosse para uma paisagem, com admiração, mas de fogo meio apagado. Seria isso obra do tempo, o costume, a rotina mansa e sem qualquer novidade? Eles não tinham filhos porque a Clara perdera o primeiro num acidente que nunca esclareceram direito qual fosse, e agora o Valdir disse que precisava resolver umas questões de trabalho antes de pensar em outro. Eu não era muito boa no jogo de buraco, me distraía, nunca sabia a carta que meu parceiro tinha pegado.

Era a vez de o Gustavo distribuir as cartas e as mãos dele trabalhavam como se ele fosse um profissional do jogo. O baralho voava de um lado para o outro enquanto ele embaralhava. Nem via os dedos do meu marido. Tinha a impressão de que ia cair tudo desarranjado em cima da mesa e de repente ele estava distribuindo as cartas, mesmo antes de o Valdir juntar os dois montes do morto. Mas o que era aquilo?: o Valdir me olhava sorrindo com firmeza quase indecente e o Gustavo percebeu. Não gosto de ninguém me olhando deste jeito. Disfarcei conversando com a Clara sobre uma receita de bolo de laranja. Ela também: adorava. Ele fingiu sem muita habilidade que estava conferindo e organizando as cartas recebidas, mas estava bem disfarçado fiscalizando o rumo de nossos olhares. Caramba!, o Valdir, meu melhor amigo, ele me disse mais tarde durante a briga que armou.

O sol começava a refrescar e uma aragem fria passeava pela varanda, subiu na mesa, voou e desapareceu, pra voltar em seguida, marcando o meio da tarde. Ele, àquela altura, não tinha escolha. Aceitou a sugestão de voltar à escola e no início chegou a pensar que com um pouco de vontade, quem sabe, conseguia terminar o ensino médio. As tardes de sábado, principalmente, passavam mais rápidas do que o tempo. Não tinha coragem de me encarar, mas eu sentia que ele me encarava de modo diferente. Tinha muito medo de avançar o sinal e ser atropelado. Até o dia que o critiquei:

— Mas a sua letra está simplesmente ilegível, Gustavo.

E pegando sua mão direita com a minha, desenhei umas letras redondas e tremidas, porque nossos corações batiam tanto que nos atrapalhavam os movimentos. Eu estava a seu lado, os peitos encostados no seu ombro esquerdo, meu hálito batia contra seu rosto e descia pelo despenhadeiro do seu peito. Como resistir àquele rosto quase encostado ao meu? Foi nosso primeiro beijo.

Me parece que ele não perdeu de uma só vez o medo de abandonar a escola. Foi perdendo. Nas primeiras noites em que faltou, chegou de volta na hora de sempre e se enfiou na cama. Mas claro que desconfiei de alguma mudança. Ele fugia dos meus olhos com medo de que eu pudesse ler a falta em seu rosto. Ele nunca teve muito talento para a simulação: sua pele mudava de cor. Foi acostumando. Mas é claro que ele percebeu minhas desconfianças, principalmente quando me sugeriu que não precisava mais de meu auxílio, que já podia caminhar com pernas próprias. Desconfiei, mas nada disse. O reconhecimento da sua desistência teria gerado uma crise, que eu preferi evitar com o coração assustado.

Já era a terceira partida que eles venciam. Nunca fui grande coisa nesse jogo, coisa de casal sem ter coisa melhor pra fazer, jeito de sentir menos a passagem do tempo, mas naquela tarde me senti acuada pela fiscalização canina do olhar do Gustavo. Seu amigo insistia em me procurar o foco dos olhos e aquilo me desconcentrava. O Gustavo empalidecia ao engolir a saliva amarga da desconfiança. Eu aproveitava um movimento qualquer, como ao espantar alguma mosca que não tinha o que fazer por ali, e por trás do movimento captava o desespero do meu marido.

Ele sentia medo de mim. Nunca sabia o sentido exato do que eu dizia ou do que fazia. Eu tinha dado a ele um carro zero de aniversário. Quando contou o caso ao Valdir, ele repetia, Isso não é coisa de maluca? Um dia, logo depois de aprender a lidar com o carro, mexeu no painel, abriu o capô e, de repente, foi ligar o carro e não teve jeito. Mudo, mudo, como se tivesse sido assassinado. Me telefonou no desespero para o hospital e eu respondi, Seu imbecil, quem te mandou mexer neste carro. Fecha ele e saia de perto. Chegando em casa eu vejo o que faço. Chamei um mecânico que configurou tudo que ele tinha desconfigurado. Dirigir você pode, eu disse muito severa, mas nada de mexer em lugar desconhecido, entendeu? Entendi. E no dia seguinte não resistiu à tentação de passear pela frente da casa de seus antigos vizinhos. Ele era de resistir ao desejo de uma exibição? Os conhecidos todos, mais tarde me contou, viram-no passar várias vezes pela frente das casas deles, ida e volta, volta e ida. Buzinou pra um e outro, e já estava anoitecendo quando resolveu guardar a máquina. Mas esta entrada, aqui de casa, de esguelha, com isso ele nunca se conformou. Enfiou o para-lama no pilar do portão. Nós brigamos por causa disso, e eu disse que não o aguentava mais, que queria a separação. Ele se queixava de que tinha muito medo de me perder. Você aproveita qualquer oportunidade pra dizer que quer o divórcio.

A brisa já estava bastante fria, quase noturna, quando o Gustavo, no fim de mais uma partida que perdemos, se levantou:

— Bem, eu acho que está na hora da retirada.

Sua frase soou musical e doce a meus ouvidos. Afinal, o fim de uma tortura: aquela chatice de estarmos juntos como se quilômetros nos separassem. Ele embarcou mudo no carro, e mudos continuamos um longo trajeto. Mas eu sentia que havia uma nuvem escura cada vez mais próxima e que apenas juntava forças para virar tempestade.

NAQUELES TEMPOS, OS PRIMEIROS de nosso noivado à revelia, eu costumava treinar minha cara de sonsa, por isso deixei passar umas duas semanas sem voltar àquele assunto do flagrante na farmácia. Me levantava todas as manhãs e perdia algum tempo na frente do espelho escolhendo um rosto com que deveria encontrar o Gustavo. Aprendi que os cantos da boca descaídos e os olhos levemente espremidos por sobrancelhas arqueadas e um repuxo das narinas para dentro como se tentasse fechar as duas, esse conjunto além de sonsa me botava bastante feia. Eu mesma me achava ridícula e uma vez me assustei ao procurar a fisionomia costumeira e encontrar aquela moça com cara de pateta no vidro neutro do espelho.

 Tinha a certeza de que o Gustavo estava satisfeito com sua noivinha com aquela cara de boba, que ele poderia enganar sem muito treinamento. Seu ar jovial andou exposto como se ele tivesse descoberto um tesouro. O Gustavo. Ele nunca sabia nem imaginava por onde eu ia atacar. Ele, coitado, que não sabia fingir, sem vocação para as simulações, não tinha o menor tino para descobrir nos outros o que fosse apenas representação.

Deixei que se passassem umas duas semanas e esperei o momento certo.

Estávamos noivos, mesmo assim tomávamos bastante cuidado para não ofender a moralidade da família nem dos vizinhos. Beijos e abraços, qualquer gesto ou atitude que de leve pudessem lembrar nossa sexualidade, portanto, que podíamos sentir tesão um pelo outro, evitávamos metódica e tenazmente.

Aconteceu de meu pai sair quase noite com minha mãe para visitar tia Arlete depois de uma sessão de quimioterapia em que ela acabava de descobrir como era o inferno, pelo que disse pelo telefone. Cheguei em casa e o bilhete estava me esperando na mesa da cozinha, aberto, escrito às pressas. Talvez eles estivessem chegando naquele momento à casa da minha tia. Abri a porta dos fundos e apareceu um céu limpo com algumas estrelas excitadas, mas de pouca claridade. Era lá no alto a imensidão fria que tudo parecia ver, mas que não via nada. Cá por perto, as lâmpadas das arandelas exteriores não tinham sido acesas, por desnecessárias ou esquecimento. Percebi então a luz atravessando as frinchas da veneziana da edícula. Ninguém, àquela hora, poderia ver um vulto passar da cozinha à edícula, e não relutei: com dez passos trêmulos e ansiosos eu estava batendo à porta do Gustavo.

Tive a impressão de que ele já me esperava com a mão na maçaneta, tal foi a prontidão com que a porta se abriu e imergi esplendente na iluminação de seu quarto. Nos atiramos um contra o outro sem uma só palavra, engolfados num beijo que era fruto de uma sede antiga e que não tínhamos como mitigar. Sem me largar, o Gustavo me empurrava para o lado de sua cama e minha resistência não era muito convincente. Por fim, com os lábios ainda grudados, ele sentou na beirada da cama e me acomodou sobre suas pernas. Nossas mãos estavam livres. As quatro pesquisando nossos corpos, nervosas e urgentes como nossa respiração.

A mão direita do Gustavo, não sei se com experiência, mas inteligente, começou a desabotoar minha blusa como se debulhasse aos poucos um prazer futuro e próximo, porque ele tremia e arfava, então com o rosto enfiado na confluência do meu pescoço com o ombro. Ao receber um tapa na mão direita e a ordem para que parasse, ergueu o corpo e me encarou.

— Mas qual é o problema se nós vamos casar?!

Hoje fico em dúvida se premeditara tudo ou se foi iluminação do momento, não me lembro mais porque a bruma vai cobrindo o passado e linha de nenhum contorno mantém-se nítida. Percebi que ele estava disposto a insistir, mas eu não me dispunha a ceder. Por isso reuni na voz toda a calma disponível e disse que o problema era aquela mocinha de quem o surpreendi pegando uma das mãos uns dias atrás.

O quarto oscilava e não sei qual de nós dois sentiu-se pior. Eu, de minha parte, achei que fosse vomitar de emoção, o estômago contraindo-se como se fosse uma câimbra. Mesmo assim consegui me manter firme, com os olhos devassando seu rosto. O Gustavo jurou que não tinha acontecido nada, que era engano meu, mas a mudança de cor de sua pele era uma acusação. Pelo menos foi o que entendi na hora.

Me levantei e o Gustavo jogou-se de joelhos na minha frente jurando pelos santos do céu que era inocente e que amor em sua vida só tinha e teria para sempre um: eu.

Voltei a me sentar na cama e lhe expliquei que não era um caso de moralidade nenhuma, mas que no meu íntimo a castidade era um troféu da minha vingança contra as línguas sujas de vizinhos e parentes. Mesmo que eles jamais viessem a saber disso. O assunto era eu comigo. Que tivesse paciência de esperar.

Então resolvemos deixar a edícula para esperar meus pais na cozinha, com portas e janelas abertas e aquela iluminação toda nos clareando.

NÃO DEMOREI MUITO ATÉ PERCEBER que o humor do Gustavo, depois do casamento, começava a piorar. De um estado próximo à euforia ele desandava para um comportamento estranho, o corpo encolhido, ele todo encasulado, mudo, com o ódio preso em sua boca. Muitas vezes fiquei assustada com suas maneiras ou com o que me dizia.

Na sexta-feira ele chegou da farmácia e me encontrou conversando com seu Oscar na frente de nossa casa. Passou por nós sem nos cumprimentar, guardou o carro e desapareceu pela porta da sala. Quando entrei, encontrei-o no meio da sala, de pé, as pernas abertas e os pés cravados naquele mesmo tapete onde ainda se viam algumas manchas escuras de seu sangue. Eu não te proibi de conversar com esse homem aí? Sua voz saiu distorcida num falsete ridículo. Ele estava pálido.

— E desde quando, Gustavo, você tem o direito de me proibir?

Ele me respondeu que um dia ainda cometia uma bobagem. Em seguida, sem que eu tivesse perguntado, sem razão aparente, me perguntou se eu estava lembrada daquela descida para o litoral em que a traseira do carro bateu no barranco.

— Mas o que tem a ver a descida para o litoral com o fato de você querer me proibir qualquer coisa, Gustavo?

Me contou com os lábios trêmulos e aquele ódio fulgurando em seus olhos que naquele dia desceu do carro chorando. A cena continuava muito viva na minha memória. O Gustavo com a cabeça escorada no antebraço apoiado no teto do carro enquanto examinávamos o estrago irrelevante no para-lama. Vocês, ele disse dando um passo na minha direção, é claro que não desconfiaram do motivo por que chorei.

Retrocedi um passo, pois o aspecto do Gustavo estava muito estranho. Naquilo que vocês pensaram ter sido uma barbeiragem, ele continuou, havia meu desejo de botar um fim nisto tudo. Chorei de arrependimento por não ter tido a coragem de jogar o carro no abismo.

Apesar do tempo que nos separava da cena, senti meu corpo todo arrepiado e uma leve dor na coluna me obrigou a sentar. O melhor a fazer era tentar apaziguá-lo e foi o que fiz contando que o vizinho tinha vindo reclamar de uns galhos de nosso abacateiro que invadiram seu quintal por cima do muro. Sua cerca elétrica disparava o alarme em todo dia de vento.

O Gustavo sentou-se numa poltrona em frente.

— E por que o filho da puta não veio falar comigo, que sou o homem da casa?

Eu não tive o que responder, e o Gustavo ficou quieto, mas com melhor cara, então, como se tivesse me pegado em mentira grave, sim, que não merecia, entretanto, briga maior.

No sábado, percebi sua decepção ao me ver dando instruções ao jardineiro sobre quais os galhos ele deveria podar. Ficou olhando plantado na porta da cozinha, um ombro escorado no batente de madeira, mastigando restos de seu desjejum. De volta, quando me aproximei, com ar debochado o Gustavo me disse que na terra dele eu faria belo papel como capataz de fazenda. Fingi ter gostado da brincadeira, que ele manso, o Gustavo, sempre me tratou muito bem. Ou quase.

Pelo menos foi o que disse à Lurdinha, uma noite em que ela me trouxe um cafezinho e me perguntou como iam as coisas. A janela da sala das enfermeiras estava aberta e o ar escuro, morno para o banho noturno da cidade. Minha colega insistiu e estranhei sua insistência. Mas não disse nada. Terminei de tomar o cafezinho, peguei minha bolsa e me levantei.

Então a Lurdinha me disse que disfarçasse e viesse por trás da cortina até a janela.

— Mas o que foi, Lurdinha? Que mistério é esse?

— Está vendo aquele carro na sombra do oiti lá perto da esquina?

Espiei por algum tempo antes de dizer que sim, que estava vendo, mas qual o sentido daquilo tudo?

— Agorinha mesmo, ela respondeu, quando eu vinha chegando, passei por lá. E quem eu vejo disfarçado dentro do carro, quem? Adivinhe.

Fiquei sabendo, naquela noite, que já fazia algum tempo estava sendo vigiada pelo Gustavo. Ele provavelmente esperava me dar um flagrante. A Lurdinha, depois de me contar que vinha encontrando com frequência aquele carro debaixo do oiti, por causa da sombra, quase parou a seu lado para ter certeza de que era meu marido.

— Por que não manda esse cara passear, Roberta? Você merece coisa melhor.

Não adiantou explicar que já várias vezes tinha feito a proposta de separação. Era tocar no assunto e ele ameaçar com o suicídio. Como ela, a Lurdinha, soubesse de outros detalhes de nosso relacionamento, repetiu o que semanas antes tinha dito, Um cara perigoso, Roberta. Dê um fim nisso. O suicídio é problema dele, se tiver coragem pra isso.

Eu não tinha o que responder nem sabia como agir. Me lembrei de que nos tempos em que estudava à noite, ou fingia estudar, seus ataques de ciúme tinham diminuído. Em casa, sozinho, sem ter o que fazer, comentei com a Lurdinha, deve passar o tempo imaginando coisas.

Saí por uma porta lateral já dentro do estacionamento apesar de ser um caminho bem mais longo. Quando apontei no portão, ele deve ter me reconhecido, porque pôs o carro em movimento e saiu cantando pneu. Ele precisava chegar antes de mim em casa.

Descíamos para o litoral porque eu começava a não entender nossos sentimentos mútuos, aquela pele arrepiada quando passávamos muitas horas em casa, sem ter o que fazer ou dizer. Então descíamos para o litoral, espaço em que Gustavo, sem necessidade de nenhuma companhia, esbaldava-se a ponto de atingir o bom humor. Meu marido poderia muito bem ter nascido um molusco, tal sua alegria ao sentir areia sob seus pés e a água na pele toda com que se protegia. Uma vez, quando descíamos para o litoral e do alto da serra descortinamos o oceano, ele sorriu, feliz, e me disse que só a água salobra poderia limpá-lo das manchas escuras de seus pecados. Um molusco. Não era a primeira vez que me ocorria a comparação degradante. Um ser invertebrado. Sempre que podíamos, finais de semana prolongados, feriados, tempo de sobra a nosso dispor, descíamos para o litoral. Isso nos livrava dos silêncios cada vez maiores. Em casa meu marido se movia mal e se encolhia muito ao encontrar algum obstáculo. Ele. O Gustavo.

Estávamos descendo para o litoral. Nós quatro: o Gustavo e eu, o Valdir e a Clara. E viajávamos no carro com que regalei num aniversário meu marido. O Gustavo relutou muito antes de se decidir a ser um motorista. Toda vez que lhe falava sobre essa necessidade, seu olhar tornava-se baço, ele encolhia-se quase invertebradamente, e dizia que sim, sim, depois a gente vê isso, e o dia do seu aniversário se aproximando. Por que razão ou desrazão ele se recusava de corpo encolhido a sentar-se ao volante, nunca soube, e agora, mais que nunca, não tenho a esperança de que um dia venha a saber. Ele era um ser que se empurra, o Gustavo.

Aos poucos fui juntando as peças de meu marido para chegar a seu conhecimento. Acabei empurrando o Gustavo. Ou você tira essa maldita carta de motorista ou vai ter de pedalar até o inferno, porque de carona, em carro meu, jamais, seu Gustavo. Ele tirou a carta. Mas sempre dirigiu muito mal. No início parecia ter consciência disso, mas até com os próprios defeitos nos acostumamos.

Quando saímos de carro, apenas nós dois, ele prefere o banco da direita. Mas na quinta-feira de manhã, depois de termos quase lotado o porta-malas com nossos confortos, pois não viajamos sem levar um pedaço da casa junto, depois de tudo pronto, o Gustavo, muito sério, me disse, quem dirige hoje sou eu. Teimei um pouco, argumentando que ele não tinha experiência de estrada, essas coisas, então me lembrei de que meu marido, na companhia de nossos amigos, tinha de demonstrar suas competências. Ele, que tanto relutara em aprender a dirigir, agora precisava mostrar que aquilo sempre fora, para ele, a coisa mais natural de sua existência, um ornamento de suas habilidades de homem civilizado.

A Clara, enquanto descíamos, deve ter pretendido ser gentil, com a pergunta mais estulta que se pode fazer a uma mulher, mas a pergunta invariável, quase obrigatória:

— E daí, o nenê, pra quando é que vem?

Olhei para trás, querendo mirar o rosto da Clara, e meu olhar era de espanto, por ser uma pergunta com toda a aparência de uma pergunta encomendada, pois no dia anterior já tivéramos discussões enfurecidas sobre ter ou não ter algum herdeiro. A descida para o litoral e a companhia de nossos amigos foi uma solução para que atingíssemos novamente não a harmonia matrimonial, mas uma base suportável de convívio.

Nossas relações com o casal de amigos, que estiveram frias durante alguns meses (sem que eles soubessem) depois de uma cena de ciúme numa tarde de baralho na casa do Valdir, voltaram ao que eram antes daquele domingo. O Gustavo se convenceu, ou pareceu convencer-se, de que fora um ciúme completamente idiota, sem a menor razão de existência. Talvez fosse esse seu modo de amar, seu único modo de amar.

Sem tirar os olhos da estrada, o Gustavo respondeu:

— É a Roberta, que fica com esta frescura de não querer filho. Eu, por mim, já era pai de uns dois ou três.

Eu continuava olhando para trás e cheguei muito perto do rosto de sobrancelhas erguidas da Clara, com seu ar de reprovação. Então nos contou, a Clara, que, depois de ter perdido o primeiro filho, o Valdir quisera dar um tempo para resolver umas questões financeiras. Agora (seus olhos quase lacrimejavam), agora não consigo engravidar. Faço tratamento, já fiz de tudo, mas ainda não deu qualquer resultado. Inseminação, nem pensar: quatro, cinco de uma só vez. O medo.

— Mas eu sei – atacou o Gustavo –, ela já anda pensando em separação.

— Verdade, Roberta?

A pergunta com palavras tão secas e voz distorcida com que Clara me atingiu, me fez ver que eu estava em minoria absoluta e me voltei novamente para a estrada, meus pensamentos rolando pelo asfalto, muito longe, à frente, como se eu estivesse acabando de entrar em um sonho ruim. Não respondi nada, evitando que meus três companheiros de viagem conseguissem finalmente penetrar no mundo em que me escondia.

Sentindo-se fortalecido pelos amigos, o Gustavo continuou:

— Vocês nem imaginam quantas vezes a Roberta me ameaçou com a separação. Qualquer coisinha que eu diga, lá vem ela com a mesma história, que não aguenta mais, que já arrumou um advogado, que a casa foi só ela quem construiu, que vai me deixar sem nada...

— Cala esta boca, seu cretino. Você não tem vergonha de expor nossas intimidades em público?

Não, aquilo tudo não era verdade. Eu não queria a separação, pois continuava precisando do Gustavo, continuava pensando que estava apaixonada por ele. Muitas vezes chegamos a passar um mês ou mais sem maiores atritos. Outras vezes, entretanto, como aconteceu naquela descida para o litoral, ele me exasperava com sua estultícia, e era impossível para mim manter o controle. Acabava perdendo a linha, me destemperava.

— Em público?! Aqui entre nós quatro é em público?!

A voz distorcida do Gustavo, um falsete histérico, me irritou ainda mais.

— Vê se presta atenção na estrada, Gustavo!

Meu marido lembrou-se com assombro de que estava na direção e percebeu que tinha acabado de entrar numa curva. Menos de um segundo. Exagerou na força que empregou no volante para voltar ao caminho certo e fomos parar no acostamento, com o para-lama traseiro enterrado no barranco. Descemos os quatro ao mesmo tempo, sem nenhuma vontade de falar. O estrago tinha sido pequeno, um amassado sem importância, mas o susto, ah, o susto tinha sido muito grande. Nunca vira antes o Gustavo pálido como estava.

Respirávamos arquejantes enquanto examinávamos a traseira do carro. Há momentos em que não me contenho e exagero. Naquela circunstância teria sido melhor calar, mas acabei acusando o Gustavo, Você viu o que você fez? Ele não se defendeu a não ser com uma crise de choro em que dizia ao casal de amigos, Vocês viram como ela me culpa de tudo que dá errado? Tenho vontade de morrer. Muita vontade de sumir deste mundo. A construção de seu discurso, entretanto, não tinha essa clareza, essa linha reta. Eram palavras entrecortadas, que desciam aguadas com os fios de baba que escorriam de sua boca deformada.

Parados na beira da estrada, esperamos até que o choro do Gustavo acabasse. E acabou sem muita demora. Para algumas coisas ele sempre foi muito rápido. Uma caminhonete parou alguns metros além e o dono veio perguntar se precisávamos de alguma coisa. Agradecemos afirmando que não, era só um para-lama um pouco amassado. Foi o momento exato em que o choro do Gustavo cessou e para melhor disfarçar os olhos molhados de lágrimas, ele se abaixou e ficou examinando o carro por baixo, como bom entendedor de automóveis que era. O dono da caminhonete despediu-se e resolvemos voltar à estrada.

Meu marido dirigiu-se à porta esquerda do carro e bloqueei com meu corpo sua entrada. Você não tem mais condições de dirigir. Deixe que o Valdir vá guiando. Envergonhado com a cena, talvez, ele não insistiu, e assim viajamos os quilômetros que nos restavam, os dois homens na frente, a Clara e eu atrás. Até a chegada ao apartamento que tínhamos alugado, e que era o mesmo onde havíamos passado a lua de mel, permanecemos com todas as palavras guardadas no escuro, sem coragem, cada um, de soltá-las no ar frio e pesado que em comunidade respirávamos.

Com sofrido esforço carregamos nas costas aqueles primeiros momentos de apartamento. Nosso projeto era descer à praia só depois do meio da tarde porque a brancura do corpo do Valdir não suportaria sol mais forte. E era cedo para o almoço. Excitada pelo ambiente e pela ideia de estar livre de compromissos domésticos, a Clara puxou seu marido para um dos quartos, convencida de que tentava superar suas dificuldades para gerar um herdeiro. Discretos, nós dois, abandonamos a sala e ocupamos o outro quarto, de onde não ouviríamos as tentativas da Clara.

Sentei na cama quase na frente do Gustavo, que ocupou a poltrona. A quietude era custosa, por isso ficamos ambos de olhos caídos no chão, metidos com nossos pensamentos e balanços dos últimos fatos. Depois de muitos pigarros absurdos que trocamos, o Gustavo disse que se arrependia das revelações feitas aos amigos. Só então mirei seu rosto, que estava arruinado. Peguei sua mão e pedi desculpas pela brutalidade com que tinha me dirigido a ele no carro. Aquele rosto dele, seu olhar desamparado, a véspera do choro, tudo aquilo – seu aspecto destroçado – me enchia de remorso. Depois de algumas semanas de abstinência sexual, fizemos amor até nossos amigos baterem à porta do quarto, avisando entre risadas que já estava na hora do almoço.

Nossos amigos curtiam sua ressaca satisfeita, e os invejei porque em minha boca era que um gosto amargo, de vazio, ameaçava grudar na mucosa para jamais sair de lá. Entretanto, tentava enganar a todos e enganava-me a mim mesma, achando que o desespero ficara na cama, nas dobras do lençol amarfanhado.

NÃO ESTÁVAMOS ACOSTUMADOS A RECEBER coisa alguma pelo correio além de avisos de vencimento, por isso minha excitação quando chegou um envelope diferente, sobrescrito com letra insegura em nome do Gustavo. Fiquei parada no portão como se ver o carteiro pelas costas até a esquina fosse me acalmar. Não era direito examinar o conteúdo do envelope, por isso o deixei sobre a mesa da sala como se fosse parte da toalha. Só assim consegui voltar ao escritório para terminar o relatório mensal.

Na hora habitual em que o Gustavo chegava da farmácia fui esperá-lo no portão. O envelope tinha vindo de uma cidade que eu desconhecia e sobre a qual nunca tinha ouvido falar. Ele guardou o carro na garagem e veio ver o que tinha acontecido. Acho que estranhou meu semblante um pouco ansioso, por isso aproximou-se com alguma pressa. Não esperei que me desse o beijo de chegada para lhe entregar o envelope.

— De casa – ele disse –, é a letra da minha mãe.

Eu esperava que ele abrisse ali mesmo o envelope, mas ele preferiu subir a escada de pedras para esconder sua emoção lá dentro da sala. Fui atrás, mas guardando uma distância que não atropelasse aquele amor de um filho por sua mãe. Meu marido sentou-se em sua poltrona, a preferida, tremendo de corpo inteiro, e teve de respirar várias vezes muito sôfrego para finalmente controlar as mãos, que ainda inseguras cortaram uma tira estreita da lateral do envelope.

Do sofá, perto da televisão, eu conseguia assistir a tudo como se não existisse. Economizei movimentos para parecer mesmo que estava ausente. Apenas meus olhos trabalhavam com intensidade. O Gustavo puxou as duas folhas de uma carta e se pôs a ler com uma calma que me exasperava. Terminou de ler a primeira página e puxou a segunda para cima da primeira. Por fim, me pareceu que não estava mais lendo, mas apenas pensando no que tinha acabado de ler. Ele não levantava a cabeça.

Havia ainda uns restos de claridade que entravam pela janela aberta, mesmo assim, tentando quebrar a imobilidade, me levantei e fui acender a luz. O Gustavo pareceu lembrar-se da minha presença e me encarou, Minha mãe diz que meu pai está muito mal e quer falar comigo.

Ficamos os dois calados vendo a noite debruçar-se na janela para nos ver nos mesmos lugares, imóveis. O Gustavo lutava, sem dúvida, mas não me contou contra o quê. A luz da sala clareou os móveis com mais nitidez por causa da noite em que imergimos sem alarde. Meu pigarro ergueu a cabeça do Gustavo na minha direção, então, Ainda tenho de preparar o jantar. E me encaminhei para a cozinha, a passo lento, na esperança de que ele me acompanhasse. Poderíamos conversar enquanto lidava no fogão. Não, ele respondeu, prefiro dar umas voltas por aí. E saiu a pé, cabeça baixa, sem largar as duas folhas dobradas da carta.

Voltei à sala para espiar meu marido, que desceu a longa escada de pedras, arqueado, em passo de velho, vagaroso, carregando um peso com o qual não estava habituado. Abriu o portão e saiu para a esquerda, o lado onde havia muito poucas casas e nenhuma iluminação. Encurvado, quase arrastando os pés, desapareceu da minha vista.

Deixei os pratos à espera, os dois de borco em cima da mesa, e fui ligar a televisão. Difícil começar alguma coisa sem saber se a interrupção demora ou não. E demorou.

Quase duas horas depois, ouvi o guincho metálico do portão e em pouco tempo a porta se abriu. Jamais imaginei do que o Gustavo não me quis por testemunha. Não sei onde tinha guardado a carta, mas em sua mão não estava mais. Reclamei de sua demora, mas sem muita ênfase, certa de que ele já estivesse suficientemente abalado.

Quis saber se havia decidido alguma coisa. Os pratos feitos foram colocados no micro-ondas e em dois minutos sentei-me em sua frente. Então? O Gustavo parecia estar com fome. Ficou um tempo mastigando, mastigando, os olhos parados lendo numa toalha "Lar, doce lar", como se estivesse pela primeira vez vendo aquilo. Finalmente me olhou e seu olhar era um pedido de socorro.

— Não sei o que fazer.

E voltou a mastigar, escondendo-se atrás daquele movimento regular do queixo. Fiz algumas perguntas que ficaram sem resposta mais concreta. A carta não fala nada sobre o tipo de doença. Só diz que está bem mal. Por que sua relutância em aceitar a mão estendida de um moribundo, e que era seu pai? Medo de me deixar sozinha, medo de que seu Pereira não gostasse de ficar por alguns dias no balcão, medo de que a carta não passasse de uma cilada? Tudo isso era possível, mas ele jamais confessaria.

Na minha opinião, comecei, você não pode negar a seu pai a oportunidade de uma reconciliação. Ele ergueu as sobrancelhas, o queixo parado, o garfo suspenso, um ar não propriamente de espanto, mas com alguns traços de surpresa. Você acha? Mas claro.

No dia seguinte fui levar o Gustavo à rodoviária. A viagem seria muito longa para que ele a fizesse na direção de um carro. Sua experiência de estrada era muito pequena.

Durante três dias descansei dos aborrecimentos a que nos últimos tempos o Gustavo me submetia. Andei alegre, naqueles dias. Dançava na sala, em volta da mesa, arrumava a cozinha cantando, saía para o hospital e voltava como se a vida fosse uma diversão. No quarto dia, quando cheguei em casa, ele estava na frente da televisão. Veio me abraçar dizendo que tinha sentido muita saudade, que a viagem fora uma tortura, e as horas passadas sentado dentro de um ônibus foram as piores horas de sua vida. Começou a chorar, e eu, penalizada, enxuguei suas lágrimas.

Mas enfim, perguntei, conte o que aconteceu.

Ao vê-lo entrar pela porta do quarto, o pai estendeu o braço, mas foi seu último gesto. A mão caiu pesada e ele expirou com uma contração do corpo. Como se o estivesse esperando para a despedida. Sua mãe ficou morando com uma irmã mais nova, num sítio perto da cidade e onde seus tios criavam porcos e plantavam milho e outras culturas pequenas, de subsistência.

Deu as notícias, disse que estava muito cansado e foi dormir.

A VIDA ESCORRIA PELO RALO em movimento lento e irreversível, e eu sentia toda a estupidez do que vinha acontecendo, mas não entendia nada, meus sentidos, meu cérebro, tudo embotado. Há muito não permitia mais que o Gustavo encostasse em mim porque seu contato me fazia mal, me provocava náusea. Ele se queixava, me ameaçava com sua morte, convencia-se de que estava sendo traído. Bastava chegar em casa cinco minutos atrasada para ouvir as mesmas palavras porcas de quase todos os dias. Com quem foi desta vez? De tanto ouvir as mesmas insinuações, comecei a pensar que o Gustavo tinha uma necessidade neurótica de ser traído. Talvez encontrasse a verdade, sua verdade, pela qual viera procurando desde o dia em que foi agredido pelo pai. Eu precisava entender o que lhe acontecia para tentar ao menos salvar o nosso amor. Ou aquilo que eu ainda pensava ser o nosso amor. Nossas desavenças, quando passaram a ter razões irrisórias, deveriam servir-me de aviso de que algo começava a falir. Envolvida pelos fatos, era difícil qualquer discernimento.

Não, não posso dizer que vivia desesperada, não era bem isso. Era um entorpecimento, alguma coisa como um sonho ruim dentro do qual eu não comandava mais as ações, que aconteciam à minha revelia. Eu precisava de socorro e não tinha com quem compartilhar a confusão em que tinha submergido. Pensei em meus pais por diversas vezes e desisti. Estaria dando a eles todo poder sobre mim, a louca, a filha que não quis ouvir a voz sábia de seus próprios pais. Então não me lembrava das advertências deles, dos amigos e vizinhos, de alguns parentes? Enfrentei poderosa a todos que se opuseram a meu casamento, convencida de que ninguém tinha o direito de interferir na vida que eu escolhera. Não poderia alienar a outros minha liberdade.

Não, não era desespero o que eu sentia. Eu andava era um pouco amedrontada porque o comportamento do Gustavo ia-se tornando imprevisível. Ele era um homem sem história e eu me dava conta de que não sabia com quem tinha casado. A situação em que o acolhi, depois das ameaças de seu pai, não significava que estivesse inocente. Tinha sido ameaçado de morte, e isso pra mim fora o bastante, não me interessei em conhecer as razões, e agora isso me preocupava. Principalmente depois de encontrá-lo estendido no tapete da sala, o sangue abandonando seu corpo pelo pulso cortado. Ineficiente, o Gustavo, até para cortar o pulso. Tinha perguntado a ele, logo depois do meio-dia, por onde tinha andado, já que estava com quase uma hora de atraso e eu precisava sair logo para o hospital. Ele riu como uma criança inocente e disse que tinha rodado por aí, recuperando alguns amigos de outros tempos.

Sua resposta me exasperou. Ele sabia muito bem que seria esperado para o almoço e eu tinha hora certa para assumir meu posto. Aproveitei e aos gritos, histérica, mostrei a ele a conta de seu celular e do combustível que ele gastava à toa.

— Seu inútil – desabafei –, o que você ganha não paga estas duas contas, imbecil. Amanhã não quero mais ver sua cara dentro da minha casa. Minha casa, entendeu? Você só deu o nome para a construção desta casa. Fora daqui, cretino.

Não almocei com ele. Peguei minha bolsa, a chave do meu carro e saí com pressa porque já estava atrasada. À noite, ao ver o estado do Gustavo, o sangue esvaziando seu corpo, me arrependi de ter falado a ele no tom com que falei. Me senti culpada.

Nunca tinha pensado na Lurdinha, amiga desde os tempos de faculdade, como confidente, apesar da confiança que sempre me inspirou. A vida tem dessas traquinagens: a Lurdinha agora é uma colega de trabalho. Pensei muito na Sueli, no seu afastamento e nas últimas conversas que tivemos. Já não pensava mais com orgulho que de nada me arrependia, por isso algumas vezes chorei de saudade da minha amiga.

Foi a Lurdinha, que umas duas, três semanas depois, apareceu uma hora antes de seu turno. Estranhei seu comportamento quando ela entrou na sala da enfermeira padrão. Ela chegou me abraçando e beijando como se já não nos víssemos há muito tempo. Desconfiei de que estivesse feliz. E estava. Ela não é nenhuma tola e sabia, mesmo que de maneira oblíqua, as vicissitudes por que eu vinha passando. Mas enfim, algum passarinho verde? Eu, de pé, sendo abraçada e beijada como se estivesse comemorando a visão do paraíso. Comecei a ficar nervosa, pois sabia não haver nada em minha vida que merecesse tamanha felicidade.

— Porra, Lurdinha, que alegria mais cretina é essa?!

Ela me segurou pelos dois antebraços, furou meus dois olhos com seus dois olhos, quase respirei o ar que subia de seus pulmões e ouvi esta blasfêmia:

— Cretina é a vozinha, sabia? Eu vim mais cedo pra te convidar.

— Convidar?!

Agora, além de irritada começava a ficar com medo.

— Você vai ser a minha madrinha.

Demorou um tanto até que ela me dissesse que casava em um mês, que seu fulano, o fulano lá dela, enfim, havia concordado em dar uma passada pelo cartório.

Ela disse isso pulando na minha frente, uma criança feliz.

— Não é divino?

— Lurdinha, você está ficando é louca, louca empedernida. É a pior coisa que você poderia fazer com sua vida. Se amarrar a um cara, Lurdinha, você tem merda nessa sua cabeça!

Me pegou pela mão e me puxou para o sofá. A gravidade do assunto exigia segredo e precisávamos falar baixo. Havia enfermeiras passando pela frente da porta, apesar de ser uma noite bastante calma, noite de meio de semana. Sentadas, ela começou dizendo que entendia minha posição. Com ela tudo se passava bem diferente. Fazia mais de um ano que vivia com o namorado, já tinham embolado os interesses financeiros e estavam embolados todos os outros interesses. Por isso o casamento era a consequência natural de um relacionamento que já durava mais de três anos. As afinidades eram muitas para que não desse certo.

Eu relutava em aceitar aquela ideia como sensata, e a Lurdinha percebeu minhas razões. Olhaqui, ela começou, eu sei por que você se virou contra o casamento. Eu não queria te falar pra não parecer que estou me intrometendo em sua vida. Mas nem por isso, ela continuou, deixava de observar seu abatimento, esta dureza crua e seca de seus lábios e a frieza dos olhos. Te conheço desde outros tempos, minha querida. No rosto, Roberta, no rosto escrevemos todas as amarguras da nossa existência. Além do rosto, bem, tenho visto o quanto você vem sendo vigiada.

— Como assim?! Ele me jurou que tinha parado.

Então ela me relatou com detalhes as muitas vezes em que fingiu não ver o Gustavo escondido dentro do carro na sombra de outras árvores, mais distantes, mas com boa visão, do outro lado da rua, perto da esquina da loja de móveis. Quando eu entrava no estacionamento, ela via muito admirada, ele saía bem rápido e conseguia, eu que sei, ver televisão desde a hora do jantar sozinho. Se queixava muito do jantar sozinho duas semanas por mês.

Abertura feita, passei inteira sem me arranhar. As ameaças de suicídio, o corte no pulso, falso acidente, a ciumeira doentia: dos vizinhos, dos amigos, e, sobretudo, dos colegas de trabalho porque só via com a imaginação, e onde ela trabalha, a imaginação, é fornalha que derrete o próprio forno.

— Te separa desse cara, Roberta, enquanto é tempo. Dá um fim nisso, criatura. Já te falei isso uma vez faz um bocado de tempo.

— Mas ele se suicida, Lurdinha. Ele anda tão mal que agora eu acredito que ele põe fim à vida de verdade.

— O problema é dele e não seu, Roberta. Você está se deixando envolver por alguma coisa que pode terminar em tragédia. Acaba logo com isso. Arranja um bom advogado e volta pra casa dos teus pais.

— Eu tenho medo. Ele pode não querer morrer, mas cometer alguma asneira contra mim. Ele sabe onde eu trabalho, conhece meus horários, sei lá, parece que ele anda meio doido.

— Peça proteção policial, caramba! Alguém tem de te proteger.

— Mas baseada em quê, eu vou pedir proteção policial?

Minha hora estava chegando e me despedi da Lurdinha, com algum medo, mas pensando na remota possibilidade de mudar para melhor a situação. Antes de sair, a Lurdinha me fez espiar por uma fresta da janela.

— Reconhece aquele carro?

Saber o que acontece pode ser muito duro, não tão duro, entretanto, como ver. Fazia muito tempo que eu não chorava. E ainda tive de sair disfarçando o choro.

Pesado pra mim, ele dizia de boca bem aberta naquela época em que acreditei possível transformar meu marido. Muito pesado. Os lábios secos e finos moviam-se num esgar de sofrimento. Caderno, apostila, caneta. Mas eu prometi e estou cumprindo. O pior, o mais difícil de suportar é aquele professor, que só de abrir a boca já me dá sono. O Gustavo se queixava, e para mim, isso não tinha importância alguma. Naqueles dias, eu só queria saber de amar meu marido e sonhar. Chamava os planos com que enfeitava o céu de sonhos porque estavam sempre muito acima das nuvens. O futuro era tecido com suspiros e esperança.

Tarde da noite, na cama, ele falava comigo pensando que me enganava. Sistema binário! Coisa estúpida. Então eu abandonava a farmácia, seu Pereira, sem sua enxaqueca, ia trabalhar num laboratório com salário lá em cima. Se eu fosse montar um curso não tinha esse negócio de teoria, não, era só na prática, sem essa de morrer de sono. Você está me ouvindo? Eu gemia de sono. E pra que serve saber tudo isso? O legal é mexer no aparelho, saber as linguagens, inventar os diferentes. No dia em que lhe propus que estudasse, ele não teve escolha. Ou se comprometia com o futuro ou não sei se aceitava o casamento. Prometeu pensar no futuro. Um dia, pouco tempo mais tarde, ele reclamou, Mas você, meu deus do céu, nunca na vida vai se aquietar contente com o que já tem? Que droga de x e y que nunca entendi o que isso significa?

Antes do cinema, no domingo à tarde, fomos almoçar com meus pais. Lá, quando ele era só um inquilino, depois de enjeitado em sua casa, era tratado como um príncipe. Aquilo, na minha opinião, era um exagero. Minha mãe, até beijo no seu rosto ela dava, como se dá em bebê. Na casa de seus pais, um dia me contou, nunca tinha sido tratado assim. Eu não tinha dez anos quando minha mãe me pôs no colo pela última vez, Roberta. E o penteava, no tempo da escola, resmungando que onde é que já se viu. Era o maior agrado que lhe fazia. Aquele pente arranhando o couro de sua cabeça, ele chorando de dor, e ela resmungando que onde é que já se viu. E seu pai? Ainda pior. Antes de trabalhar, o Gustavo era a desgraça da vida dele. Começou numa farmácia nos confins do bairro e tinha de entregar tudo que ganhava em casa. Se queria algum, tinha de pedir e o pai perguntava pra que era. Conforme a resposta, em lugar de dinheiro o que lhe dava era um tranco no pescoço que ele saía tropeçando nos próprios pés. Fora isso, não o tratavam bem nem mal. Trabalhavam o dia todo, e de noite eles só queriam saber de televisão, ninguém demonstrava interesse em saber que ele estava ali na sala. Não conversavam com ele. Mas também não conversavam entre si. Na casa do seu pai, só se abria a boca pra soltar grosseria.

Essas histórias, o Gustavo não me contou de uma vez só. Ia largando aos pedaços, conforme a situação e suas lembranças. E eu, é claro, me comovia toda vez que ele falava de sua família, me sentindo na obrigação de compensá-lo pelo passado infeliz.

Apesar de comovida, mantinha minha dureza de nem pensar em abandono da escola, e o Gustavo percebia isso com seu faro malandro. Então começou a se queixar dos colegas, uns sujeitos detestáveis, com os quais era impossível qualquer conversa mais séria. Ele corria até a cantina, pegava seu lanche e um refrigerante e escondia-se em algum canto mais escuro do pátio. Quando era procurado por qualquer um deles, o assunto invariável: matéria das aulas. Não tinha outro jeito, senão ficar isolado.

Até o anúncio do noivado, minha mãe muitas vezes ia perguntar ao Gustavo do que era que ele gostava, e por seu gosto fazia o almoço. Meu pai também era muito simpático com ele. Até sentavam-se na varanda em conversa animada, os dois.

Como estivesse difícil de sustentar aquela presença de um inquilino na edícula, o noivado foi uma consequência necessária. A partir daí, contudo, começaram a olhar para o Gustavo com raiva. Todos. Só a tia Arlete não mudou seu modo de tratar meu noivo. Meus parentes e os amigos fizeram de tudo para que eu desistisse do nosso casamento. Meu lado escuro e duro me dizia que eu deveria casar nem que fosse pra tapar a boca do povo, pra mostrar que na minha vida quem mandava era eu. Depois do casório, uma cerimônia ridícula na igreja sem festa em casa, ninguém mais falou com meu marido. Agora ele já era o vilão, o ladrão da Roberta. Maior silêncio nas poucas vezes que se encontravam. Demorou muito para que eles se acostumassem à ideia de que o balconista da farmácia se transformara em meu marido. Mas se acostumaram. Várias vezes almoçamos na casa dos meus pais depois que fizemos uma visita a eles, meu pai muito mal na cama. Mas eu sei que não tem jeito: os dois não se sentem bem com sua presença. Eu finjo que não vejo, mas sei quanto ressentimento eles guardam escondido por eu ter casado com o Gustavo. Entre nós dois, depois de uma crise, tudo muito bem, parecendo o início, na lua de mel. Conversamos bastante e rimos, contamos histórias, vemos fotografias, e os pais conversavam comigo como se estivessem com saudade. Com meu marido, um sim, um não, e muito pouco além disso.

O Gustavo andou tentando aprender alguma coisa no meu computador, mas cortei logo a possibilidade de ver perdido o trabalho de muito tempo e destroçada minha máquina. Por isso resolvi comprar um novo, porém barato para que as mãos desastradas do Gustavo tivessem com que se entreter. Desmontar não foi muito difícil, o impossível foi entender onde enfiava cada um dos periféricos. Durante umas duas semanas ele consultou o manual, o que era um exercício muito árduo para ele. Por fim amontoou na sala de despejo e lá está um computador completo, mas esquartejado.

Posso imaginar o que o Gustavo sentia na escola, pregado numa carteira, ouvindo um assunto pelo qual não conseguia desenvolver interesse algum, e ainda pensando que sua mulher estava sozinha em casa, a um grito de distância do vizinho. Não, ele não tinha a menor confiança em mim. Um dia chegou a fazer alguns rodeios, assuntos de soslaio, para então dizer que, enquanto ele lá, cuidando do nosso futuro, eu aqui sozinha em casa. Sugestão sua, ele completou, sugestão muito esperta. E o tonto aqui, hein, Roberta, o tonto aqui lá fechado, cuidando do nosso futuro.

Uma noite ele me assustou. Não tinha ouvido barulho nenhum, de pneu ou de sapato. E o Gustavo abriu a porta de repente, brusco, com cara de quem me dava um flagrante. O livro chegou a cair da minha mão. Mas não demorou para que arranjasse uma desculpa: o professor das últimas aulas estava com doença na família, parece.

Não tinha aparecido. Conhecia meu marido o suficiente para saber que estava trapaceando. Depois do que havia dito alguns dias antes, sua cabeça deve ter fervido durante as aulas, inventando visões, fantasmas que alimentassem seu desejo de ser infeliz.

Mas e o carro, perguntei sem pensar que o encurralava. Estava apenas curiosa, pois o barulho da porta da garagem acordava o bairro inteiro. Ele não evitou a vermelhidão do rosto e começou a gaguejar até inventar uma história ridícula. Que estava com muita vontade de urinar e tinha deixado o carro logo depois da esquina. Ergui as sobrancelhas para que ele soubesse que aquilo me parecera um absurdo. Ele ergueu os ombros e saiu quase correndo na direção do banheiro, que era um modo de fugir dos meus olhos. Ele quis me surpreender com seu silêncio. Tenho certeza disso, mas preferi fingir que acreditava em suas mentiras.

Não sei por que fico remoendo na memória ferida tantas cenas de nosso amor imperfeito. Será tão doloroso assim o caminho do entendimento? O que mais desejo atualmente é deitar e dormir, um sono sem sonhos que me afunde até as profundezas do nada. Mas quem pode controlar a memória?

FAZIA DUAS SEMANAS QUE TROCÁVAMOS apenas cumprimentos secos, palavras ocas, o som insignificante. O mesmo tempo que eu tinha feito do sofá da sala minha cama. Cama de solteira, na boca um travo de viuvez. Por fim já nem me lembrava direito por que iniciara o castigo, suponho que tenha sido por me descobrir vigiada, mas o mais certo é que seja pelo que se chama o "conjunto da obra". Eu vinha cansando daquelas cenas de ciúme, e mesmo do pulso cortado suspeitei. Isso na época, quando tudo era paixão e violência, com os raciocínios todos tendenciosos. Hoje, depois de tudo passado, me inclino, mas não por complacência, a acreditar em seu desejo sincero de morrer. Se tivesse chegado no horário do costume, o sangue do Gustavo já se teria exaurido. Posso até estar enganada, mas prefiro acreditar na história montada dessa maneira.

Ele entrou em casa no fim da tarde, a noite chegando nos olhos inchados. Disse boa-tarde com o queixo duro e a boca mole, sua língua movendo-se com dificuldade. Entrou iluminado pelo seu cheiro forte e foi direto para o quarto. Seu quarto. Ele sabia que lá não seria importunado. O modo destruído como o vi entrar, um resto de homem, isso me comoveu. Jantei sozinha, como vinha fazendo há duas semanas, e mastiguei uma areia totalmente insossa.

No domingo de manhã, eu estava livre, mas não me apeteceu ficar me virando no sofá. Quando o Gustavo levantou, do corredor, passando para o banheiro, ele me viu na mesa do café. Relutou, acho que pensando em voltar, depois me pareceu que estava em dúvida se me cumprimentava ou não.

Eu queria o Gustavo. Acabava de me convencer de que o queria. Mas queria inteiro, aquele mesmo dos primeiros meses, logo depois de o haver reformado. Enquanto ele não se decidia a me cumprimentar ou continuar seu caminho para o banheiro, estourou um brilho ante meus olhos: eu ajudara o Gustavo suficientemente? Então tive a nítida percepção de que havia ainda um caminho por onde passaria a salvação de nosso casamento. E esse caminho deveria ser aberto por mim e por mais ninguém. E era urgente que fizesse o primeiro gesto.

— Bom-dia, Gustavo.

Minha voz, com exagero de melodia, me soou falsa, uma representação de teatro amador: muito tempo sem treino. Meu marido não esperava minha iniciativa e ficou mais atrapalhado ainda do que já estava. Desenrolou um pouco o corpo e me olhou com uns olhos de ver assombração. Sua boca se abriu em lábios trêmulos antes de responder com voz rouca maldormida.

— O café está na mesa – menti, pois não contava com esse encontro.

O Gustavo alegou que primeiro precisava escovar os dentes e passar uma água no rosto, e suas abluções me deram tempo de completar a mesa para um café de casal num domingo de manhã.

Quando o vi passar pela porta do banheiro, me levantei com uma febre que me inchava o rosto, me fazia trêmulos braços e pernas, e corri ao fogão para ferver mais leite, abri com pressa a porta da geladeira, examinei rapidamente seu interior, eu tinha pressa porque era preciso transformar aquele café matinal num banquete, mas na geladeira não encontrei o patê de que o Gustavo gostava, nem a geleia, o bolo estava seco e duro, velho de quinze dias, abundância de frutas, mas o Gustavo jamais mordeu a polpa de uma fruta sequer. Como é difícil fazer alguma coisa diferente, alguma coisa que pareça uma comemoração, um agrado, um gesto de aproximação. Isso eu pensava enquanto revirava armários, me atirava furiosa para os cantos da cozinha até descobrir um pacote de bolachas, das recheadas, como o Gustavo apreciava.

O leite recém-fervido e uma travessa com as bolachas estavam sobre a mesa. Eu fingia organizar os talheres porque mexia neles apenas para parecer natural. O Gustavo entrou na cozinha e finalmente sorriu ao ver que não era um dia comum. Enchi sua xícara de leite e café e deixei que ele pusesse açúcar a seu gosto. Não nos encarávamos, eu sei, porque uma troca de olhares deflagraria uma avalanche de lágrimas. Com os olhos marejados, puxei a travessa das bolachas proibidas para perto dele. Eu, que sempre reclamei dos excessos de calorias. Ele entendeu a mensagem e enxugou, eu vi, os olhos nas costas da mão.

O café ficou muito quente, de queimar a língua. Seu gole sempre fora de quem quisesse sorver o mundo, por isso ele fez careta de dor e susto, e rimos junto, o Gustavo soprando a própria caverna da boca, muito espalhafatoso, então já podíamos olhar um para o outro porque rir ou chorar junto chega a ser uma comunhão.

É isso a felicidade, pensei, e o pensamento, um fulgor muito rápido, mesmo assim, tão intenso que me aqueceu o peito e as entranhas a ponto de num salto selvagem da cadeira cair sobre o Gustavo numa tentativa desesperada de o devorar. Só bem mais tarde meu marido voltou à cozinha para tomar seu café, agora bastante frio.

Brincamos durante o banho, pois a felicidade é sempre um pouco pueril. E foi mesmo durante o banho que fizemos a programação do domingo, que contava com almoço na casa de meus pais, uma sessão vespertina no cinema do shopping (abri mão de meu gosto e fomos ver uma comédia idiota, mas novamente rimos juntos), e terminaríamos o dia na cama, recuperando os quinze dias de abstinência sexual.

Minha mãe, não por qualquer instinto materno, mas juntando pequenos detalhes que escapavam e iam parar na boca de amigos ou parentes, tinha alguma noção da crise em que vivia nosso casamento. E apesar da oposição a nosso sagrado matrimônio, com que contribuíra, demonstrou enorme alegria quando liguei perguntando se podíamos filar um almoço em sua casa.

Além do serviço, que me consumia o tempo quase todo, havia aquele mal-estar dos tempos ainda do noivado, para que só muito raramente visse meus pais. Encontrei-os envelhecidos, mais do que poderia esperar. Rugas, cabelo branco, olhos baços e movimentos sem muita firmeza. Não eram os meus pais da época de solteira, quando vivia em sua casa. Parecia um casal estranho, com feições que ligeiramente me faziam lembrar alguém conhecido, umas pessoas com existência frágil em minha memória. Essa constatação me arrasou: meus pais, aqueles que deixei na casa onde fui criada, meus pais já não existiam. Fingimos naturalidade na demonstração de alegria, num encontro que, para mim, demonstrava a irreversibilidade da vida. Minha angústia, contudo, durou pouco e me parece que ninguém percebeu o que se passava comigo. Em cinco minutos, já estava acostumada com as novas feições dos dois, e meu cérebro reconfigurou o passado, parecendo que desde que me lembrava deles tinham tido aquelas mesmas fisionomias.

O almoço teve a minha cara de todos os tempos, e com ele minha mãe estava dizendo que não me esquecia. Estrogonofe de frango com arroz, e na sobremesa pudim de pão amanhecido. A senhora, hein, mãe, ora dizia, ora pensava, enquanto deixava à solta meu apetite.

Só na saída do cinema abordei a segunda etapa do meu plano de salvar nosso casamento e com ele nos salvar. Aproveitei a entrada em uma loja de apetrechos para pesca em alto-mar. O Gustavo me confessou que a pesca em alto-mar era um de seus sonhos desde a infância. Ele perguntou o preço de alguns objetos e, depois de ouvir a resposta, me olhou com ar pidão, como é seu hábito. Senti um estremecimento nos lábios e nos braços ao pensar que ele aproveitava um momento propício, nossa reconciliação, para atingir um alvo excessivamente alto. Sacudi a cabeça e, mesmo na frente do balconista, para que o assunto não rendesse muito, disse, Muito acima de nossas possibilidades, amor. O Gustavo, ah, se não o conhecesse, avermelhou mudo e quis sair com pressa da loja. Ficamos quase cinco minutos sem trocar palavra. Então passávamos pela sorveteria e meu marido jamais resistiu às belas cores de um sorvete. Foi preciso conversar novamente.

Sentados num banco do espaçoso corredor do shopping, lambíamos cada qual seu sorvete quando finalmente senti que era hora de falar. Isso de caro ou barato, comentei, depende do que se ganha. Ele concordou. Novo como era, ele podia voltar à escola, não para um curso regular. Um curso técnico de seu agrado, podendo então mudar seu ofício, melhorar a renda familiar.

— Essa tralha toda de pesca no mar alto acaba ficando barata, não é mesmo?

Nunca me senti tão esperta como naquele momento. Meu coração sacudia-se em aplausos pela cilada praticamente involuntária, mas bem aproveitada. No caminho de volta, a futura profissão do Gustavo já estava definida: técnico em computação, aproveitando o que tinha aprendido tempos atrás. E ele ficou tão empolgado com sua resolução que já começou a sonhar alto, como sempre tive vontade de vê-lo sonhar.

ELE ME RECEBEU FORMAL, por favor, entre, sente-se, por favor, e eu tive de lembrá-lo de que não era uma consulta, mas apenas uma conversa entre amigos. O dr. Moacyr largou os ombros e as sobrancelhas, sorriu e falou em força do hábito. Também sou assim, disse a ele, me esqueço de mim como pessoa e visto o jaleco da profissão. Nós dois rimos como se estivéssemos num bar.

 Ultimamente eu vinha me sentindo culpada por não ter percebido que o Gustavo estava era bastante doente, com aquele seu comportamento extrapolando os padrões que a gente chama de normalidade. Um pouco de remorso por ter esperado tanto tempo até concluir que meu marido precisava era de ajuda. Ajuda médica, claro, pois de minha parte, como esposa e leiga, tinha feito tudo que minha imaginação engendrava. Como enfermeira não me cabia diagnosticar os problemas de saúde de meu marido, principalmente por ser de sua saúde mental. Mas de oitiva sabia o suficiente para desconfiar de que seu quadro era depressivo, talvez um caso de transtorno bipolar, sabe-se lá.

 O dr. Moacyr percebeu que desviei o rosto de um raio de sol e levantou-se para fechar melhor as cortinas que ficavam por detrás dele. Foi uma gentileza que me deixou um pouco mais alegre, quem sabe encantada. Assim deveriam ser todos os homens, pensei por dentro de um suspiro, com atenções delicadas. Agradeci apenas com um sorriso, como eu sei fazer.

Depois de um pigarro discreto, o dr. Moacyr me encarou firme, Mas então, e esperou que eu falasse. O meu marido, eu ando preocupada. É mais fácil iniciar um assunto quando não é muito extenso, tem poucos detalhes, quase nenhuma variedade. Meu caso, o relato que eu precisava fazer, não tinha nem um início, uma ponta por onde começar. Minha história girava desvairada em torno de minha cabeça.

Percebendo minha dificuldade, o dr. Moacyr me ofereceu, Toma um cafezinho?, e claro que aceitei. Pelo interfone ele pediu a uma das secretárias que providenciasse dois cafezinhos. Com açúcar? Prefiro adoçante, doutor.

Enquanto esperávamos o café, ele me disse que não pensasse muito para começar, que contasse uma história, mas das que mais me impressionaram.

Quando nossa pele começava a ficar muito sensível (gostei da minha introdução, por isso foi mais fácil continuar), nós descíamos para o litoral. O senhor não conhece meu marido e pode estranhar as qualificações que lhe dou. O Gustavo é um verdadeiro molusco. Não ria, doutor, ele é mesmo. Não só por seu amor à água salgada, como parece óbvio, pois seu humor melhora muito, mas por seu caráter em geral. Não queria aprender a dirigir, dizendo que não gostava. Mas eu pretendia dar a ele um carro de aniversário, e tanto insisti até que tirou a carta de motorista. Num fim de semana prolongado, convidamos um casal de amigos, pois tínhamos alugado um apartamento espaçoso, em ótimo lugar. Na descida, doutor, o Gustavo na direção, acho até que por delicadeza, ou para puxar assunto, a esposa de nosso amigo botou a mão no meu ombro e perguntou, E o bebê, hein, pra quando que é? Veja só o senhor que terrível coincidência: naquela mesma semana tínhamos tido uma discussão violenta sobre esse assunto. Pois nem abri a boca, e o Gustavo já estava se lamentando, que eu é quem não queria filho, porque isso facilitaria uma separação, coisas desse tipo. Que por qualquer desentendimento fico ameaçando de me separar, e que tudo que temos naquela casa é meu, que eu o ameaço de abandoná-lo sem nada, essas coisas que talvez eu até tenha dito num momento de raiva, como aquela que senti na descida. Comecei a xingar meu marido de estúpido, onde é que já se viu expor em público nossas intimidades. E confesso ao senhor, eu falei com fúria de assustar tudo que eu falei. De repente, o carro pareceu desgovernado. De um lado o barranco, quase pura rocha; do outro, o abismo. As árvores, lá embaixo, pareciam pontinhos de tão pequenas. Acabamos indo de encontro ao barranco e só amassou um pouco o para-lama.

Chegou o café e tive de interromper meu relato. E aqui no hospital, ele perguntou, como é que vai a vida? Não havia muito o que falar, pois nos encontrávamos até com certa frequência, mesmo assim lhe contei duas, três histórias de problemas com algumas das enfermeiras, mas tomei o cuidado de não citar nomes. Enfim, doutor, tudo superado. Problema nenhum.

O dr. Moacyr calou-se, cabeça baixa, até me olhar novamente, Mas então, e eu já sabia que era seu modo de instigar o paciente.

Muito tempo depois, ele me confessou que o choro, apoiado no teto do carro, não foi de susto, como supusemos. Foi de ódio por não ter tido coragem de jogar o carro no precipício, como chegou a pensar.

O dr. Moacyr ergueu muito as sobrancelhas e perguntou, Confessou? Sacudi a cabeça confirmando. Ele balançou a cabeça e esticou o lábio inferior em sinal de admiração.

Com muita frequência, dr. Moacyr, ele chora e diz que não tem vontade de continuar vivo.

Então contei a história de como ele foi parar na edícula da casa de meu pai, enfeitei com alguns detalhes que me pareceram importantes, citei a carta da mãe e a viagem, o modo como se despediu do pai sem uma única palavra. Não omiti, claro, nossos momentos felizes, nosso desempenho sexual, mas o assunto em cujo relato mais me empenhei, foi das cenas de ciúme, as tentativas de me flagrar, a vigilância doentia que vinha exercendo.

Bem, disse por fim o psiquiatra, seu relato pode ajudar, mas não é suficiente. É preciso convencer seu marido a ter uma entrevista comigo. Você sabe muito bem que envolvidos emocionalmente num caso, querendo ou não cometemos algumas distorções. Fale com a minha secretária e marque uma consulta. E logo, dona Roberta, que pelo visto ele está precisando. Veja se consegue pra semana que vem. Saí do consultório cheia de esperança.

O medo era um sentimento espesso, que há tempos medrava com ou sem razão, não sei, e me atacava ultimamente pelos flancos mais fracos. O medo era um sentimento marrom, escuro, que às vezes saía a cavalgar mesmo em meus dias de sol. Muitas vezes ele me acordava no meio da noite, no meio do susto, e agitada conferia os membros com mão pressaga. Trêmula, pois não sabia onde meu corpo sofreria os danos. Sentir medo era uma forma de ser? Por instantes chegava a crer nisso, rápidos instantes, pois tinha ainda guardada na memória minha vida anterior ao casamento. Afinal, dei como sua origem os surtos cada vez mais frequentes do Gustavo. Sempre soube que meu marido tinha acessos de melancolia com duração, muitas vezes, de dois, três dias. E, neste período, eu também sabia que ele chorava. Procurava esconder o choro, o rosto, achando decerto que era falta de decoro: uma vergonha. Ele masculino. Minha intranquilidade também passava despercebida, suponho, e assim fingíamos uma alegria normal, dentro de padrões aceitáveis. Nós formávamos um casal razoável, e essa era uma ideia que me enchia as veias de calor.

Acordei de madrugada, sacudida pelo corpo sacudido em choro do Gustavo e perguntei a ele o que estava acontecendo. Acendi a luz e suas mãos, rápidas, cobriram-lhe a cabeça e a vergonha com a colcha. Não fizera ainda quinze dias o último acesso. Ele, com a voz abafada por seu esconderijo, repetia que tinha vontade de morrer. O medo, então intuí, não era um só. Se estava disposto a acabar com a própria vida, não poderia, para completar sua curta existência, pôr termo a outras vidas que estivessem mais à mão?

Nossa conversa invadiu a madrugada e acordou o despertador. O Gustavo, tratado com meu sono e minhas palavras, que eram verdadeiras gotas, além de uma dose forte de ansiolítico, levantou-se de rosto limpo e não houve recomendação de enfermeira que o mantivesse em casa. Que ficasse na cama, eu disse. Meu turno, aquela semana, começava às seis horas. Me beijou sorridente os lábios, ganancioso, e respondeu que por nada do mundo perderia a oportunidade de tomar o café comigo. Não levei mais de meia hora para estar pronta e me despedir. O medo entrou comigo no carro e não saiu mais até às oito horas, quando perguntei pelo celular se estava tudo bem. Sua voz estava límpida, brilhante como voz de criança. Disse que já estava no serviço. Bem, pelo menos não estava sozinho. A solidão é muito má companheira foi o pensamento estranho que me confortou.

Em conversa longa e sofrida, revelei ao dr. Moacyr minhas agruras, tudo que ultimamente vinha acontecendo, incluindo na conversa todos os meus medos e pressentimentos. Às duas horas, saí do hospital ansiosa por contar ao Gustavo a sugestão do médico. Não esperei que ele chegasse em casa, muitas horas para suportar pensamentos em caudal. De fato, várias vezes pensei no percurso até a farmácia, aquela era uma solução que já deveríamos ter procurado desde os primeiros sintomas. O Gustavo não percebeu minha chegada, tantos clientes à espera de serem atendidos no balcão. Quem veio me atender, com duas rodelas de batata coladas às têmporas, foi seu Pereira, que abriu mais os olhos ao me reconhecer e me cumprimentou sorrindo. Ah, é a senhora, ele disse um tanto rouco mas iluminado. O Gustavo já termina de atender o cliente. Ele mesmo abandonou seu posto no caixa e saiu perguntando quem era o próximo. Terminou de cobrar o medicamento que pusera na miniatura de sacola plástica, aproximou-se de mim e perguntou se havia algum problema. Aquela visita de óculos escuros numa tarde lenta só podia ter motivo grave. Não, seu Pereira, problema nenhum. Eu acho até que trago é uma solução. Ele sorriu, virou-se e perguntou quem era o próximo.

Ouvi seu Pereira dizer, Deixa que eu termino, quando viu que o Gustavo continuaria me fazendo esperar. O Gustavo passou pela portinhola vaivém do balcão e saímos os dois andando até meu carro, o braço do Gustavo por cima do meu ombro, como é de sua preferência porque tem estatura apropriada.

— O que foi que aconteceu? – uma pergunta com espanto.

Contei minha conversa com o dr. Moacyr, sem todos os detalhes, é claro, e o Gustavo, de cabeça pendida, examinava as rachaduras da calçada, muito concentrado. Quando terminei, só então levantou a cabeça e os olhos, que apontou para os meus, ele deu um passo para trás. Que nem pensasse. Ele, ele, o Gustavo, em consultório de psiquiatra? Nem pensasse. Pensando que eu sou louco?! Sua voz cheia de catarro, ensaiando um grito, assustou seu patrão, que lá de dentro nos espiou curioso. Quem precisa de tratamento é você. Disse muitas coisas ainda e me acusou de ter falado de nossas intimidades a um estranho. Então me lembrei daquela descida para o litoral, que fizemos com o Valdir e a mulher dele. Aprendeu a lição?, tive vontade de perguntar. E eu, que vinha tão contente com a solução à vista, chegando perto, entrei no carro e fui embora com uma tristeza imensa por trás dos óculos escuros.

À noite, antes de um jantar apenas virtual, ele chegou com os bolsos cheios de pedras. Se eu pensava que ele era louco. E andava em volta, procurava meu rosto querendo descobrir nele qualquer expressão, saber como é que ficava, caminhava apressado, passos urgentes, e se alguma coisa havia em minhas feições para descobrir era apenas o terror que sentia de seu comportamento inusitado. Me deixe, eu implorava com a face virada, escondendo os olhos, com voz prestes a expirar. Eu não acho nada, me deixe.

Essa noite, sem jantar, fui dormir no meu escritório, único aposento em cuja chave podia confiar. Sofri cãibras, acordei dezenas de vezes, chorei todas as vezes em que acordei, mas me senti protegida ao ter a impressão de que meu marido tinha, finalmente, desligado a televisão para dormir.

Não imagino por que encontrei a porta do quarto aberta, no dia seguinte, quando às cinco e meia levantei. O Gustavo dormia em decúbito dorsal, e sua respiração espessa, pausada, parecia a de um animal, desses de grande porte.

Não tenho certeza, mas me parece que foi no trajeto para o hospital, naquela manhã, que se iniciou uma ruptura em meus sentimentos, uma ruptura irreparável – meu coração rasgado –, o medo misturando-se ao asco.

A voz da minha mãe chegou paralelepípedo, tropeçando nas pausas, depois de dizer, O seu pai, então se aguava em soluços. Demorei a adivinhar que meu pai não passava bem, e seu choro era pedido de socorro. Telefonei do carro, me vestindo incompleta, e a Lurdinha disse que não me preocupasse. Esperava o tempo que fosse preciso, enquanto fosse, até o fim.

Estava tão escuro que a primavera não aparecia, muito escondida, e os ipês amarelos dormiam quase pretos. Meu coração pulsava, entretanto, em dois ritmos diferentes: correria desvairada, meio louco, ao pensar que meu pai passava mal; lento, leve, quase alegre, porque aquele chamado poderia ser a declaração da paz definitiva.

Depois de nosso casamento, passaram-se alguns meses antes que tivéssemos o primeiro contato. Muito tímido. Acusada e acusadores sem disposição para piorar o que já vinha ruim. Os rancores mudos, desses é que tenho medo. Eles têm gosto e cheiro de ácido, corrompem as entranhas e deterioram qualquer relação. Demorei para perceber que estávamos descendo por esse caminho estreito cujo final ninguém sabe onde será.

O Gustavo não conseguia esconder o desagrado com nossas visitas, e talvez ele tivesse motivos razoáveis, mesmo assim comecei a insistir com ele para que me acompanhasse pelo menos nos almoços de domingo, que não eram frequentes, mas que pareciam levar alguma alegria a meus pais. Os longos silêncios à mesa, nessas ocasiões, eram sequelas das brigas por que passáramos nas últimas semanas antes do casamento. Ultimamente os silêncios vinham diminuindo, e algumas vezes surpreendi meu pai e o Gustavo em conversa animada.

    Do portão, quando cheguei dentro do meu penhoar, ouvi um gemido roncado e um fio de choro comprido que era o mesmo que tinha ouvido pelo telefone. É grave, pensei, e meu coração correu desvairado, meio louco. Meu polegar empurrou com raiva o botão da campainha, pois tudo na vida deveria ser instantâneo. Será que esta porcaria não está funcionando? Ah, aí vem minha mãe com as chaves. Esta madrugada, ela me diz com a voz abafada, pois em casa há um doente. Entro depressa e ela vem relatando os fatos para minhas costas. Vomitou. E febre, sim. Entro no quarto e queimo a mão na testa suada. Na tarde anterior, queixou-se de dor de cabeça. Pergunto com severidade por que não me chamaram. Faz uns três dias, queixando-se de gripe, é a desculpa. Trocamos seu pijama e saímos as duas com ele embrulhado num cobertor. Hospital.

No caminho, a hora facilita a velocidade, e minha mãe conta mais. Acordou com ele vomitando, de madrugada. Meu pai ainda não sabe que está sendo levado para o hospital. Aposto que é meningite, minha mãe, e vai ser muita sorte se ainda não passou da hora.

Meu diagnóstico foi de quem já viu muita doença na vida. Feito o teste com o líquido cefalorraquidiano, não pôde mais haver dúvida. O Paulinho, pouco experiente mas muito honesto, me sugeriu que eu chamasse um médico de minha confiança. A Lurdinha, desde que chegamos, não nos largou mais. Ela estava querendo dar qualquer demonstração de amizade, por isso, a toda hora, me perguntava se podia ajudar em alguma coisa. Os primeiros procedimentos já tinham sido providenciados, e agora não podíamos fazer outra coisa senão esperar o dr. Laércio, neurologista dos mais competentes que em minha carreira conheci.

A Lurdinha bocejou com todos os dentes e me viu sorrindo. Foi braba esta noite, ela explicou. Tive de insistir muito para que ela nos deixasse. Eu já estava em meu horário e nada havia em que ela pudesse ajudar. Despediu-se de nós, beijou longamente a testa de minha mãe, pegou sua bolsa e saiu. Gosto muito dessa moça. Minha mãe abriu muito os olhos como se estivesse acabando de acordar. Ela sacudiu a cabeça numa concordância sem saber com quê. Piscou demorado e pedi a uma das enfermeiras que fosse buscar duas xícaras de café puro. Isto ajuda. Agora ela concordou com o que ouviu, sim, ajuda mesmo. Aquela moça, iniciei conversa, qual moça?, aquela moça, a Lurdinha, que estava aqui com a gente. Ah, sim, o que tem ela? Vai casar. Tentei de todo jeito tirar isso da cabeça dela, mas ela tem certeza de que vai ser feliz. Aliás, ela já vive com o noivo há uma porção de tempo. Minha mãe arregalou uns olhos que me acusaram de devassidão.

Da sala onde esperávamos, eu ouvia com esperança a respiração ruidosa de meu pai, ao mesmo tempo que via, através das cortinas, o dia avançando para algum lugar desconhecido. Que seria de nós sem ele, mas principalmente o que seria de minha mãe, com suas rugas, sem o marido que as fosse descobrindo à medida que surgiam? Com um tapa no rosto dormente afastei um bando de corvos que usavam meus olhos para esvoaçar e tive a certeza de que meu pai sairia com saúde do hospital. Enfim, era o meu hospital, o lugar onde muitas vidas arranquei às mãos de Átropos, a gananciosa.

Apareceu na porta uma enfermeira fazendo sinal para que eu fosse até ela. Era respeito pelo sofrimento de minha mãe, para meu gosto, quase a desagradável veneração por uma viúva. Insisti para que ela entrasse e acabou dizendo que havia um problema no berçário, e precisavam de mim.

Dei um beijo na testa da minha mãe, uma forma de ficar com ela, na pele dela, e fui ver o que havia no berçário. No futuro, nunca mais cheguei ou saí, sem beijar minha mãe. Nós duas: uma família.

O dr. Laércio já estava no quarto com meu pai quando voltei do berçário. Me olhou com gelo nos olhos, um gelo que me penetrou até o fundo do entendimento. Conheço o ódio que muitos médicos têm da moira insaciável, contra quem estão sempre lutando, e quando vencem, é uma vitória de curto prazo. Saiu comigo até o corredor e disse com a fisionomia dura, um pouco retorcida, que não dava muita esperança. Aproveitei para chorar o que devia ali mesmo, dando a minha mãe algumas horas a mais de dúvida.

Durante dois dias não saí de dentro do hospital. O Gustavo vinha me trazer a roupa com olhar parado, meio estúpido. Ficamos ao lado da cama todo o tempo e vimos como ele foi diminuindo os movimentos, a respiração enfraquecia e a pele começava a perder a cor. Como um suspiro, assim foi seu último alento.

Minha mãe, nas primeiras semanas, fechou-se em trevas. Não conversava, rejeitava a comida, não queria sair da cama. O Gustavo ficou morando sozinho em nossa casa. Por fim, senti que aos poucos minha mãe saía de dentro de si mesma. O primeiro sinal de vida que percebi nela foi quando a surpreendi regando suas flores.

Comentou que já era primavera, por que então as flores continuavam com tanta dificuldade para desabrochar? Este ano elas vão ficar feias, muito pálidas. Eu concordei porque nós também nos sentíamos pálidas.

Esperei que minha mãe voltasse à vida com seu corpo inteiro para então voltar à minha casa. Foi nesta época que finalmente fiz de minha mãe uma confidente. Confidente, porque quase sempre em silêncio ouvia minhas confissões. Ela ouvia as histórias, sacudia a cabeça estralando a língua e me cobria de tristeza com seus olhos já um tanto murchos. Nós já nascemos devendo alguma coisa, minha filha? Ela não se conformava. A gente nasce é só pra sofrer neste mundo? Quando contei da madrugada em que acordei com o Gustavo chorando e como ele gritou comigo dizendo que louca é você, minha mãe sacudiu a cabeça e com uma voz sumida me disse:

— Acabe logo com isso, filha. Esse rapaz pode ser muito perigoso. Quem não tem vontade de viver, vai respeitar a vida dos outros?

A VIDA TRANSCORRENTE, O VIVER REAL e suas implicações, seus movimentos, não me permitia uma visão mais clara, com que poderia chegar a uma conclusão exata, pelo menos neutra, porque me deixava ocupar pelos fatos que se instalavam em minha mente sem tino para descobrir suas significações. Eu precisava de tempo, mas não só de tempo, precisava também de distância. E foi o que por fim consegui, não por qualquer esperteza minha, por alguma inteligência minha, mas por causa da morte de meu pai.

No início não foi muito fácil convencer o Gustavo de que seria crueldade deixar minha mãe sozinha naquela casa, com todas as lembranças da vida que viveu ao lado do companheiro. Suas noites seriam por demais escuras sem que alguém estivesse por perto para secar suas lágrimas. Acabou concordando, apesar da testa enrugada e a fronte descaída de quem acaba de ser derrotado. Ele não era tão tolo que não percebesse quão idiota seria uma resistência maior. Então propôs que fôssemos os dois, mas desistiu da proposta quando exasperada gritei que a casa abandonada por alguns dias seria um risco desnecessário.

Era aquela a oportunidade que me faltava e por preço nenhum eu a deixaria passar.

Nunca estive tão perto de minha mãe quanto nas duas semanas em que lhe servi de conforto e consolo, nem quando de seu corpo me alimentei, porque então não passava de um pequeno embrulho vivo em seus braços sem a menor consciência de sua maternidade. Ela era apenas meu alimento e meu calor.

O convívio lento e morno de dias inteiros, manhã, tarde e noite, como jamais tivera com ela, nos fez enfiar nossos dedos em velhas feridas e abri-las para que secassem. Acho que jamais me senti afetada por um amor tão ardente por minha mãe como naqueles dias. Um amor triste, é claro, pois não estávamos completas. Mas preenchíamos nossos vazios com os braços que nos prendiam uma à outra.

Afiamos com lentidão as palavras que nos revelavam. E a distância forçada de meu marido me deu o espaço necessário para que o apreciasse de corpo inteiro. A distância certa.

Quando voltei pra casa, a minha, já voltei hipócrita, dissimulando pensamentos formados nas trevas, tanto que ele nem percebeu mudança alguma. Naquela noite gozei e o fiz gozar porque isso fazia parte de cálculos muito bem engendrados. Mas também porque era de gosto, pois o Gustavo tinha suas qualidades masculinas, como a eficiência na cama, bastante desenvolvidas. Além disso, ele continuava meu marido, e isso me aplacava qualquer prurido de moralidade.

Hoje, distanciada de todos aqueles fatos, fico pensando se não foi perversão minha, aquele meu comportamento. Por sorte não penso muito no assunto e não dou muito espaço ao remorso. Também não sei se tinha alternativa diferente. Minha vida tinha-se tornado um inferno e, mesmo quando ameaçava aparecer o Sol por trás de umas nuvens ainda um pouco escuras, minha experiência me ordenava cautela, pois o Sol, às vezes, não passa de um grosseiro disfarce da noite.

Não se passou mais de uma semana desde que voltei ao doce lar vivendo duas vidas, a que eu tinha, execrável, e a que me inventei, para que alguma coisa, um gesto em falso, uma palavra mal dita, não sei o que houve, tornasse o Gustavo novamente irritadiço, falando como antes com aquelas lágrimas na voz que me exasperavam. A qualquer pretexto ameaçava novo suicídio, ele, que parecia com imensa vocação para não viver. Tudo era motivo de reclamação. Em um fim de tarde, ele já estava em casa e me surpreendeu cumprimentando o Oscar, nosso vizinho. Rolamos agoniados em labaredas infernais. Ameaçou me agredir fisicamente. Me considero razoavelmente corajosa, mas naquele dia senti bastante medo.

Meu marido tinha sofrido outra recaída e estava difícil emergir dela. De longe, posso compreender sua angústia, mas conviver com ela não era mais possível nem eu tinha noção do que se passava. E, mesmo que o entendesse, é bem provável que nada pudesse fazer. Com raras exceções, o Gustavo sentia-se rejeitado pelas pessoas. Minha antiga sugestão para que ele aceitasse tratamento foi renovada e repetiu-se a cena ridícula em que fui chamada de louca, em que o Oscar, nosso vizinho, foi envolvido, e a companhia que fiz à minha mãe foi posta em dúvida. Horas de horror e raiva que me convenceram a desistir dele, do meu marido.

Nesses dias tenebrosos, minha percepção tornou-se aguda e qualquer alteração no Gustavo me preocupava. Descobri que ele tinha deixado de usar seus cremes, não aparava mais as unhas, largava-se em desleixo como se também ele tivesse desistido de si mesmo.

Um dia chegou da farmácia e eu já estava em casa. Ele tinha um ar abatido, estava muito pálido e me comoveu. Perguntei a ele se sentia alguma coisa, e não deveria ter perguntado. Sempre tive esta dificuldade: separar a mulher da enfermeira. Com aquela voz molhada de lágrimas começou a desfiar uma infinidade de queixas. Da piedade fui passando rapidamente para a irritação. Me acusava de todas as suas frustrações, todas elas nascidas de seu cérebro doentio, pois nunca tinha sido derrotado a não ser pela própria falta de vontade.

Então ergui também a voz, roxa de raiva.

— Já lhe dei de tudo que podia: carro novo, casa, roupa de marca, conforto, o que mais você quer de mim?

— Você não me deu segurança.

— Mas segurança, Gustavo, essa não vai de mim, ela está ou não em você.

Não sei se ele me entendeu, mas depois de largar sua mochila em cima da mesa da cozinha, onde estávamos, foi ligar a televisão na sala e, quando chamado para jantar, disse apenas que não estava com fome.

FORAM DUAS SEMANAS MUITO LONGAS AQUELAS: de um lado a mãe recém-viúva, do outro um marido que não admitia sua doença.

Na primeira ligação que o Gustavo me fez, disse que não aguentava mais ver televisão. Uns programas chatos e nenhum filme bom. Ele sempre dizia que filme pra ser bom tinha de ter pirata, navio balançando sobre as ondas e aquela água que vai até o fim do mundo.

Por muito tempo fingi não saber que o Gustavo tinha abandonado a escola. No meu horário de sair às duas da tarde, eu me despedia em sua saída dizendo boa aula. Não sei se ele percebeu minha bisbilhotice, mas a descoberta aconteceu num acesso de curiosidade a que não resisti e andei mexendo no material escolar dele. Tremi de raiva quando vi as últimas anotações e suas datas. No dia seguinte, perguntei muito sonsa a ele, E daí, como é que vão as aulas? Eu perguntei aquilo como alguém que precisa ouvir uma mentira, e ele não teve coragem de dizer a verdade. Pois então, vão bem, não é? Seu rosto ficou da cor de sua mentira, e uns olhos ariscos fugiram apressados de mim. Eu também avermelhei, mas tanto que cheguei a ficar azul. Eu via tudo azul em minha volta, mas um azul fúnebre, muito escuro, como em noite de tempestade. Usei todo meu repertório de ofender: filho duma puta, mentiroso, você não é homem, não tem dignidade, seu frouxo, seu molusco. Além de não ter ambição nenhuma na vida, ainda é mentiroso. Aproveitei para repetir tudo aquilo que ele já sabia sobre os apertos por causa das prestações, só o carro que eu te dei e coisa e tal. Ele ouviu de cabeça baixa porque tinha mentido, tinha mesmo, sem coragem de me confessar que estudar o deixa muito cansado, com sono. Então, com cara de cão que apanhou, ele perguntou se eu podia pagar nossas despesas, já não está bom demais?

Onde vive meu marido, em que lugar do mundo, em que época dos séculos? Gosto por filmes de pirata, na idade do Gustavo. E ele se desmanchava em gozo ao falar de suas preferências. O navio balançando no mar, Roberta, gaivotas revoando à espera de restos de comida. De repente, Navio a bombordo! E a correria dos preparativos. Isto sim é que é coragem. Fechava os olhos e se via com um olho vedado, um pano amarrado na cabeça e a espada em punho.

Ele não tinha alternativa, pois a decisão era minha e não dependia da opinião de mais ninguém. Mas quis marcar posição e disse que concordava com minha disposição de dar assistência à minha mãe, agora recém-viúva.

Por mim, ele terminou com malícia, por mim você não teria pedido uma licença de quinze dias. O Gustavo sempre assim: autoimolação no alto de um altar, pedindo compaixão. Ele se queixa de que não é o primeiro da minha lista, por isso a angústia sem remédio.

Nos primeiros dias ele ligava pra casa da minha mãe, a qualquer hora do dia ou da noite, e desligava rápido se ouvisse minha voz. Queria saber a verdade, isto é, se eu estava realmente na casa da mamãe. Até o dia em que ele foi me levar umas compras, e umas peças de roupa, e eu disse a ele, Olhaqui, Gustavo, vê se não enche mais o saco com essas ligações a toda hora. Se quer ligar, então ligue, mas fale alguma coisa. Ele diminuiu as ligações e, ligando, perguntava se nós estávamos precisando de alguma coisa. Antes de ir sozinho pra cama, ligava dando boa-noite.

Não me parece muito claro o motivo, mas na época andei tratando o Gustavo com muita rispidez. Acho que a perda do meu pai, o sentimento de impotência ante um mal contra o qual eu fora treinada a trabalhar, a ideia de que minha mãe agora estaria enfrentando sozinha a casa de seus últimos trinta e poucos anos, tudo isso vinha me deixando irritadiça, suscetível a qualquer aragem diferente. O Gustavo, que me suportava calado, mais uma vez, num dia daqueles me disse que tinha voltado sua vontade de morrer. Por fim, abandonei aquela metralhadora de palavras mais ríspidas para me tornar veludo na minha mudez. Não pedia nada, não perguntava nada e respondia com monossílabos às suas observações. No primeiro dia, depois de deixarmos meu pai em sua morada definitiva, ele sugeriu que ficássemos os dois com minha mãe, e aquela sugestão me exasperou porque um estranho sentimento de que ele era o culpado pelo que tínhamos acabado de fazer me subiu dos intestinos até a cabeça. Aos gritos respondi, E quem é que vai ficar tomando conta da nossa casa? O Gustavo encolheu-se, e me parece que chegou a chorar. Mas concordou com minha ausência temporária para cuidar da minha mãe.

No dia seguinte, finalmente, avisei ao Gustavo que voltaria pra casa. Contei a ele que a mãe já estava boa, cuidando dos vasos e do jardim. Porque antes, ela passava o dia todo de camisola só querendo deitar e que agora já levantava trocada, tomava café, e tinha deixado de chorar a cada cinco minutos.

No início daquela semana, meu marido deu uma saída da farmácia pra me levar um remédio que eu tinha pedido. Chegou lá às quatro da tarde e o que viu? Oito pessoas em volta da mesa tomando café. Visitas de condolências, informei na saída por vê-lo de cara fechada. Ele me pareceu muito incomodado. A verdade é que nós ríamos com gosto e comíamos daquele bolo de laranja, que é dos que mais ele gosta. Nós o convidamos para a mesa e ele sacudiu a cabeça, ar sombrio, dizendo que ainda tinha muito serviço pra terminar. Mentira, ele só queria nos agredir, achando que éramos um bando de desocupadas. A mim também não agradava aquela alegria fora de lugar, mas me pareceu que estava fazendo bem à minha mãe, que precisava se distrair. Foi com um pouco de vergonha me irritando a pele que levei o Gustavo até a porta.

À noite recolhi tudo que era meu num sacolão, pois minha mãe já não tinha tanta necessidade de mim. O dia seguinte era um sábado, então teria um fim de semana para arrumar a casa. Meu marido deveria estar muito ansioso, à espera do meu retorno, mas já na segunda-feira deveria voltar ao hospital, uma vez que minha licença acabava. Imaginava que ele viesse com aquela mesma conversa, Não existe sentimento pior do que ser o último da fila. Um dia eu disse que o abandonava e foi isso que ele respondeu, O último da fila. E acrescentou que eu o assassinava. Fiquei assustada, me arrependi da ameaça e algum tempo depois já não nos lembrávamos do incidente.

O Gustavo chegou até a ter uma amizade assim meio morna com meu pai, mas me dizia que sempre, ou, pelo menos desde o noivado, sentia não ser mais suportado por minha família. Dizia que meu pai era um velho arrogante. Como se ele não fosse suficientemente bom pra filha dele. E eu tinha consciência disso, desse modo hostil com que todos o encaravam. Com exceção daquela coitada da tia Arlete, que já estava só à espera da morte. Quando ele a conheceu, ela já não tinha mais cor de gente. Ele chegou a chorar no enterro e me dizia que gostava muito daquela tia magra e pálida, porque ela gostava dele. A única da família.

Prometi a ele que voltaria à tarde, porque a irmã mais velha da minha mãe, a tia Gertrudes, chegaria para passar uma temporada com a mamãe. Santa tia, ele respondeu.

ACORDEI COM FRIO NAQUELA MANHÃ, um frio que nem a proximidade do verão abrandava, pois estava na saliva e cobria a língua, estava entre os dentes e me enchia a boca de um gosto de vinho acre. Era meu último dia na casa da mamãe, não havia mais razão para ficar longe de minha casa. Longe do Gustavo. Nunca pensei tanto no Gustavo como na época em que tive de ficar duas semanas afastada dele. Apalpei suas dimensões, esquadrinhei todos os escaninhos que me foi possível esquadrinhar. Estava passando o café quando minha mãe apareceu na cozinha com sobra de disposição, dizendo, Deixa, que eu faço isso. Entendi que aquele era o lugar dela, onde reinava soberana, uma esposa do tipo antigo experimentando a vida de viúva. A mesma janela estreita com sua cortina rendada segurando entre as fibras de seu tecido os raios mais fortes do sol, a mesma pia com a cuba de aço inoxidável e o armário que me lembrava a infância, mas agora eu era outra família e o lugar, aquela cozinha, apenas me suportava. Sorri um cumprimento alegre por vê-la tão enraizada outra vez nas suas prerrogativas. E como já estivesse terminando de preparar nosso desjejum, mandei que ela sentasse à mesa e ficasse quietinha esperando, ouviu?

Minha mãe sabe dar voltas pra chegar a um assunto. Ela não é do tipo que chega e diz: olhaqui. Quando começa, nunca se sabe aonde se vai chegar. Imagino que seja um estilo antigo, cheio de torturas: as vias indiretas. Por isso, ela começou a lamentar que eu fosse embora logo mais, depois do almoço. Quando comecei a argumentar que não era por vontade, mas, ela me atalhou estalando a língua, enrugando a testa e sacudindo a cabeça. Eu sei, ela repetia, sei muito bem, você tem lá suas obrigações de trabalho. Parou equilibrada num olhar que não ia pra lado nenhum, sozinha, consultando, talvez, seu marido, meu pai, para então acrescentar, e de família também. E escutou. Tomou um gole de café, mordeu a torrada, e, mastigando, ficou à espera do que eu diria.

Não havia pressa, pois nossa conversa poderia chegar até o almoço. Também me demorei repassando pensamentos. Por fim, a boca vazia, disse que, Neste capítulo, minha mãe, minhas obrigações não me dão felicidade.

Essa conversa lenta, mastigada com torradas e café, não passava de reprise de umas tantas conversas que já tivéramos sobre o assunto. Uma espécie de confirmação do que sabíamos serem nossas opiniões.

Minha mãe, por fim, recomendou:

— Tome cuidado, minha filha, este moço é doente, ele pode ficar perigoso.

Aquele mesmo gosto de vinho acre da saliva me encheu novamente a boca, e identifiquei a impressão de tragédia vizinha com que acordei.

O medo que se encolhia físico em mim, do peito para o baixo-ventre, resultava da ideia de que o sono me deixaria à mercê de qualquer vontade, porque de olhos fechados passava a um mundo diferente, onde anjos e fantasmas silenciosos deambulavam em minha volta, mas nem os anjos me salvavam nem os fantasmas cometiam maldades. Voltar a dormir no escritório, cheguei a pensar, como tempos atrás fizera, mas rejeitei a ideia por absurda, isso não teria mais cabimento. Àquela altura, tínhamos o pretexto de um rompimento temporário para justificar a recusa da cama comum. Mas agora, com o Gustavo fazendo todas as minhas vontades, chegar pra ele e dizer, Olhaqui, vou dormir no escritório porque tenho medo de que você cometa alguma maldade comigo. Eu pareceria muito mais louca do que ele.

Quando encontrei o Gustavo deitado sobre o tapete da sala, uma noite em que saí meia hora mais cedo do hospital, estava se desmanchando em sangue, quase debaixo da mesa da sala. Sujar minhas mãos no sangue dele foi que me deu novamente a sensação de ter adquirido direitos sobre aquela criatura. Mais tarde, muitas vezes, me diria que tinha vontade de morrer, mas nunca entendi seus lamentos como acusação a mim pelo fato de o ter livrado da moira, a insaciável. Naquela noite, cheguei em casa no momento certo para o livrar das garras da megera que parece rondar sua vida frágil. E outras vezes mais ele chorou dizendo que não tinha vontade de viver. Como se viver fosse uma questão de vontade.

Em uma descida que fizemos para o litoral, com o Valdir e a Clara, só não arremeteu com o carro para o precipício por lhe ter faltado coragem. No dia, ainda sob o impacto daquela emoção, não consegui ordenar qualquer ideia sobre o assunto. Seria uma solução definitiva, como ele vive falando, como ele acha que deve ser a vida. Nada do que ele quer ou pensa pode ser mutável, transitório. Ele só aceita soluções definitivas. Mais tarde a ideia tenebrosa chegou a aflorar em minha consciência, mas calei, por não fazer sentido voltar novamente ao assunto. Só muito mais tarde, durante uma discussão, o Gustavo confessou que chegou a ter o pensamento malévolo ao dizer que muito melhor teria sido despencar no precipício, uma intenção frustrada por sua covardia. E foi essa a razão do choro, a cabeça reclinada na capota do carro: a constatação da covardia. A confissão dele me correu pelo corpo todo num calafrio. Senti uma dor estranha na espinha e tive de tomar um copo de água para não vomitar. Meu marido era um homem surpreendente, o enigma que eu não conseguia decifrar.

Uma só vez, naquela manhã de despedida, minha mãe enxugou umas duas, três lágrimas em homenagem saudosa do seu marido. Em seguida riu, dizendo que era uma boba, de espírito fraco. Acertei-lhe um beijo na testa, rebatendo aquele automenosprezo. Não diga bobagens, minha mãe. A senhora é uma fortaleza. Assim como ela, eu também tinha o direito ao exagero.

A mancha de sol, que antes era um clarão na parede, descera, passara por baixo da mesa e agora queria a todo custo desaparecer. Nos demos conta, então, de que já estava na hora de providenciar o almoço. Sem esquecer que é pra três, disse minha mãe num arroubo de alegria. Destreinada das domesticidades, mais atrapalhei que ajudei, na cozinha, mas não quis largá-la sozinha, e fiquei nas tarefas menores, como me cabia.

Pouco mais de meio-dia, sol ardendo nos olhos, estávamos nos acabamentos. Minha mãe, com mais de trinta anos praticando dentro da mesma casa, reconhecia todos os sons da vizinhança, mas tanto, que antes de tocar a campainha ela ergueu a cabeça, de súbito, e disse, É ela. E abriu a porta da sala no mesmo instante em que a tia Gertrudes tocou a campainha. Avexada, ainda, com a história de meu casamento, fiquei esperando na cozinha, lugar bem bom para se fingir alguma ocupação. Eu fingi, mas acompanhei a chegada desde a primeira efusão do encontro até a entrada na cozinha. Como a tia Gertrudes veio pra mim de braços abertos, também abri os meus cheios de reciprocidade. Nos abraçamos e nos beijamos em festa, apesar do luto.

Minha tia Gertrudes, a irmã mais velha da família, e há muito mais tempo viúva, já estava com as faces secas e os olhos opacos, mas tendendo para a doçura de quem deixou de se interessar pelas agruras mundanas, e também pelas venturas desta terra. Seu sorriso fraco me fez lembrar registros de santas que povoaram minha infância.

Entregue minha mãezinha a uma figura celestial, eu já podia ir-me embora.

À TARDE, QUANDO O GUSTAVO voltou de seu expediente, percebi que ele demorava a entrar e fui encontrá-lo na garagem. Uns restos de sol atravessavam a janelinha lá do alto e vinham chocar-se na parede oposta. Era uma claridade fria, de tarde morrente, e meu marido, os dois pés plantados no piso de cimento, olhava nossos carros. Antes de me abraçar, ele apontou na direção do meu carro e, com um rosto de gozo inefável, disse que aquela era uma paisagem para lhe devolver a alegria da vida. Você finalmente voltou. Até deste carro já sentia saudade. Fiquei imaginando as horas de espera e sofrimento passadas por meu marido naqueles quinze dias.

Então me abraçou com braços muito apertados e tive a impressão de que chorava. Por isso perguntei, Mas o que é isso, Gustavo? Ele fungou no meu pescoço e sua voz aguada e fraca cochichou no meu ouvido, Alegria.

Naquela noite a televisão ficou desligada e inútil no escuro da sala. Também resolvemos jantar mais tarde. Nossa fome, no momento, era um do outro. E sem explicação nenhuma, resolvemos satisfazê-la. Nus sobre o lençol, o Gustavo, olhando para o teto, falou como nunca em sua vida tinha falado. Contou que tinha imaginado chegar em casa com passos leves, mas não era bem para uma surpresa. Queria ouvir minha voz cantando na cozinha, queria saber que eu respirava em nossa casa, queria me imaginar alegre por ter voltado. Antes de pôr a chave na fenda, apontaria o ouvido direito para os lugares querendo me capturar. Pensou em passar por uma sala que estaria fingindo-se de morta recente, parada e apagada. A pouca claridade que ali chegasse fugiria pela porta aberta do escritório. Não queria que eu me assustasse, por isso diria meu nome sem volume muito alto, mas com bastante melodia. Eu apareceria no corredor com um livro na mão, e diria, Caramba, que susto. Então correríamos os dois, um na direção do outro, para mergulharmos na alegria do reencontro. E quase dentro de seu beijo, eu diria, O jantar está pronto.

Comecei a sentir um pouco de frio e puxei um lençol para cobrir nossos corpos. A conversa do Gustavo me convencia de que todos os meus medos e angústias eram criações da minha mente doentia. A imaginação destrambelhada é que via fantasmas. Quando começamos a sentir nossos corpos aquecidos, ele continuou animado a falar.

Poucas vezes na vida tinha sido atacado por uma alegria tão grande. O tamanho exato, ele disse, não sei. Sei apenas que a pressão sobre minha cabeça era do tamanho de uma loucura já bem adiantada.

Perguntou se eu me lembrava do casamento do irmão do Valdir. Ele tinha ido sozinho. Seus conhecidos não eram muitos e não muito conhecidos, mesmo assim ficou chamuscado por seus olhares de mormaço. Alguns ainda tiveram a crueldade de, passando, perguntar, Ué, e a esposa?, como se o seu casamento fosse uma anedota ou já estivéssemos separados. Bem, ter certeza de que estávamos casados só o Valdir tinha, porque eu não aceitara mais ninguém de sua parte na cerimônia e menos ainda na festinha que eu mesma arranjei. No início da festa do irmão do Valdir, quando chegou, ele tinha certeza de que eu iria logo depois do expediente. Aproveitou para se divertir. Comeu e bebeu, ouviu piadas, conversaram sobre futebol e carros, chegou a dançar um pouco, bem pouco porque não tinha muita confiança na Clara. O peso de estar ali sozinho, isso cresceu aos poucos, sem que ele notasse. O pai do Valdir, que não o conhecia direito, aproveitou que ele estava tirando um chope e chegou perto dele, tão perto que suas rugas pareciam voçorocas onde ele poderia cair para nunca mais. O velho piscou e disse em cochicho discreto, Homem casado quando anda sozinho em festa, ou está infeliz ou mal-intencionado. Sorriu murcho, sem entender direito o que ele estava dizendo, mas principalmente porque não saberia o que responder.

A felicidade só existe por causa da infelicidade, e ele estava infeliz naquela hora. Havia chegado mais gente, seus poucos conhecidos tinham desaparecido e ele não queria mais dançar. Pegou seu copo de plástico com o chope de colarinho branco e foi sentar num canto do salão fugindo de olhares e movimento. Até os garçons, ao passarem por ele, carregavam algum deboche nos lábios moles.

Enquanto foram de escárnio, os olhares, ainda suportou, porque era homem, e bem homem para encarar zombaria. Situação incômoda ela era, mas com a dureza dos músculos tensos a chibata dói menos. Depois de alguns copos de chope, contudo, sentiu que as pessoas da festa mudavam de atitude para com ele. Em cada convidado, agora, ele encontrava um semblante de piedade. Todos, naquele casamento, sentiam pena dele. E isso sim, dilui qualquer resistência. Então pensou, é a hora de cair fora. O duro era sair assim, derrotado.

Procurava o Valdir para a despedida quando a porta iluminou-se com a minha presença, que sorria procurando seu par. Por alguns segundos a festa parou, muito reverente. Todos quiseram ver sua mulher, que o procurava. Percebeu que muitos olhares cochichosos percorreram o salão surpresos, talvez incrédulos. Ele não tinha sobra de pensamento para saber que tipo de música tocava no aparelho de som, mas saímos dançando, boca na boca, o gosto inteiro da vida e sua alegria.

A música terminou e nós continuamos de abraço grudado, que era para que eles vissem. Trocaram o CD e nos pusemos em movimento outra vez. O povo abriu roda grande pra nos deixar usar todo o espaço. Nós dois éramos o par mais bonito do salão, e ninguém dançava como nós. E aquilo foi entrando em sua cabeça até transformar-se em alegria sem limite. Pensou que fosse desmaiar de felicidade, mas eu me mantive rodopiando com meu braço esquerdo a sustê-lo no prumo.

Naquele momento ele se inaugurava num sentimento novo: ser invejado. Ele tinha certeza de que sua mulher estava excitada com o que acontecia, e exultava, porque minha expressão era de quem acabava de conquistar um império. Gotículas de suor começaram a porejar em meu rosto, brilhantes, e meus olhos o desafiavam a continuar dançando, sem parar, eu toda entregue à volúpia do movimento e à glória de reinar.

Muitas vezes sentiu saudade daquela noite, ele contou com voz amarrotada, da alegria que o êxito, mesmo que pequeno, pode proporcionar.

Aquele foi o discurso mais extenso do Gustavo em toda sua vida. E um discurso que me seduziu inteira, nos altos e nos baixos do corpo.

De mãos dadas fomos para a cozinha, onde fazíamos as refeições diárias, só nós dois. Senti que o Gustavo, só por me ter presa pela mão já se sentia vitorioso. Podia ver isso em seu rosto iluminado, em seus olhos que disparavam chispas de alegria. Sua mulher de volta, mastigando com tranquilidade o jantar por ela mesma preparado, depois de duas semanas de ausência. Um calor me subiu do baixo-ventre, me senti tensa e perdi a vontade de continuar jantando. Segurei sua mão direita, os olhos furando seu rosto, e Gustavo compreendeu o que me acontecia. A comida esfriando nos pratos, fugimos para o quarto.

ELE CHEGOU COM TODO O SOL da tarde no rosto. Vermelho, até que enfim. Sua palidez natural, aquela pele até meio azulada, abalava meu senso estético. E chegou acabrunhado, sem vontade de conversar. Não reclamei porque ultimamente quanto menos conversava com o Gustavo melhor me sentia. Eram nossas tréguas, pois só nos apaziguávamos no silêncio. De passagem, perguntei como tinha sido sua pescaria e ele apenas ergueu os ombros. Sei que esteve na beira do rio porque leio em sua pele e agora já sei que não pescou nada, pois conheço esse erguer de ombros.

Continuei andando até a cozinha, pois precisávamos jantar. O Gustavo se jogou em sua poltrona e ligou a televisão. Espiei de longe e percebi que ele não via o que se passava na tela. Nos últimos tempos vinha sentindo um pouco de medo do meu marido. Seu comportamento, as ameaças que me fazia, enfim, não sabia do que ele era capaz porque não conhecia mais o Gustavo. Se é que algum dia o tinha conhecido. Não conseguia mais pensar com clareza. O Gustavo passou a ser, naquele novelo de pensamentos enevoados, uma ameaça.

Terminei de fritar dois ovos, como ele gostava, com a gema bem mole para ser desmanchada no arroz. Esquentei uma porção de arroz e outra de feijão, a torta de ervilha ele preferia fria. Voltei a espiar do corredor e encontrei meu marido na mesma posição, hirta estátua na frente da televisão, que era um modo de fingir que estava presente. Arrumei a mesa e fui até a porta da sala. Venha jantar, Gustavo. Pura falsidade nesta minha voz macia acariciante. Ele voltou a cabeça e me encarou parecendo não me ver. Seus olhos baços me deram arrepios. Não tenho fome.

Nunca esqueci o modo como ele disse a mesma coisa na hora do jantar e de madrugada fui encontrá-lo chorando no banheiro. Eu quero morrer, repetiu diversas vezes com a baba escorrendo pelos cantos da boca retorcida. Mas não, não era a morte que ele queria, entretanto nem ele nem eu, àquela altura, sabíamos que a morte está sempre ao alcance de nosso hálito. Então me abraçou me fazendo de sua tábua de salvação. Dois dias depois, propus que ele procurasse o dr. Moacyr, com quem tinha conversado antes. Mas ele sabia que era um psiquiatra, e novamente pôs-se doido furioso. Louca é você, ele berrou durante meia hora sem parar.

Fui até a cozinha com as mãos dependuradas balançando inúteis, olhei os pratos sobre a mesa, silenciosos, prontos, e meu coração confrangeu-se. A familiaridade do cenário tinha desaparecido e me senti presa a um ambiente de pesadelo, sem saídas, sem nada em que pudesse me apoiar. Voltei à sala, e o Gustavo continuava na mesma posição, com os mesmos olhos baços fixos em algum ponto desconhecido. Cheguei mais perto, desta vez. Insisti. Ovo frito esfriando, Gustavo, de repente me surpreendi usando este velho chavão de levar marido pra mesa.

 O Gustavo levantou-se com dificuldade. Eu mesma senti quão pesado ele estava e quão enferrujadas estavam suas articulações. Com passo incerto ele caminhou à minha frente, quase parou na porta da cozinha, mas só ameaçou parar, deu mais três passos e sentou-se à mesa. Ali estava meu marido que eu já não conseguia reconhecer: gestos lentos das mãos, movimentos quase imperceptíveis do maxilar. Percebi que ele engoliu alguma coisa, mas foi com grande dificuldade. Pouca coisa. Acho até que concordou em sentar-se à mesa para que eu não o aborrecesse mais.

 Dois dias antes, e depois de tanto tempo, recebi uma ligação da Sueli. As cinco primeiras palavras saíram de bocas rígidas, até que eu sorrisse em uma das pontas para que a Sueli sorrisse na outra. Não vi, mas foi como se visse, porque então tomou-se de coragem e quis saber, E o seu casamento, como é que vai? Dei um passo desequilibrado para trás e respondi, Assim, assim, que é um modo de não dizer nada. Mas a Sueli não me perdeu em seus conhecimentos, por isso fez uma pausa, ouvi seu pigarro e ela completou que Tudo bem, depois a gente se fala. Daí em diante contou sobre si e seu marido, perguntou por meus pais e ficou constrangida quando lhe disse que meu pai não existia mais. A Sueli, mesmo sem me ver, já sabia de tudo. Foi com ela que me levantei da mesa.

Esperou que eu me levantasse primeiro, ele, formal, para então levantar-se também, cerimonioso. O Gustavo podia causar desassossego até quando expulsava um pigarro. Levava a mão direita fechada até os lábios como se fosse beijá-la. Eu podia ter certeza: estava incomodado. Não, já não era possível continuar a viver naqueles sobressaltos. Mas era preciso coragem para enfrentar o assunto, e eu, o que sentia, era um calor estranho no rosto e nas mãos, que estavam úmidas.

— Gustavo, precisamos ter uma conversa muito séria.

De pé, as mãos apoiadas no espaldar da cadeira, meu marido empalideceu ainda mais pálido do que sempre tinha sido. Desta vez não me encarou. Seus olhos baços parados pareciam examinar o que sobrara sobre a mesa.

Foi na sala, as poltronas frente a frente, que começamos a conversa. Eu estava muito tensa, mas controlando a mim mesma e a situação. Sabia que poderia ser um desastre colocando minha opinião como questão resolvida. Por isso, quis trazê-lo para mais perto, fazendo dele um participante das decisões. Comecei perguntando:

— Você acha que podemos continuar vivendo juntos, do jeito que estamos vivendo?

Minha pergunta, logo percebi, deixava uma brecha. E foi por aí que ele entrou, meio que se esgueirando, mas de corpo inteiro. Sim, ele sabia que a vida tornava-se insuportável, concordava com isso. Na verdade, o Gustavo pulou a primeira parte da pergunta e se fixou na segunda, na qual ainda lhe restava alguma esperança. Por fim, começou a me acusar de indiferença, de dar mais atenção a todas as pessoas (não teve coragem de dizer "sua mãe") do que a ele, de viver mais feliz no hospital do que em casa, de nunca concordar com as propostas de programas dele. Enfim, desfiou suas principais queixas, as que nos últimos meses, e de forma dispersa, eu já vinha ouvindo.

Sua voz, de lamento no início, ia-se tornando dura, rascante, à medida que o Gustavo perdia o controle emocional. Com um sorriso deformado de tão fingido, mostrei a ele que aquela cena era a prova do que eu tinha dito. Os músculos de seu rosto sofreram uma contração súbita, e ele ficou muito sério, calado, como criança pega em prática de alguma infração. Seu flanco aberto, aproveitei para avançar na direção que desejava.

— Na minha opinião, Gustavo, nosso casamento não nos traz mais nenhuma felicidade. Por isso acho que está na hora de parar. Cada um siga seu caminho, mas separados.

Tentei, mais uma vez, dizer o que precisava de forma simples, sem exagero de contundência, por isso ele precisou de algum tempo até entender o que eu havia dito. Foram poucos segundos de completa imobilidade, mas o verdadeiro sentido finalmente chegou à sua compreensão e no mesmo instante ele levantou-se brusco iracundo e deu um passo na minha direção.

— Se você está pensando em separação, Roberta, eu te aviso: um de nós dois não vai continuar vivo. Ou os dois.

Seus lábios tremiam, seu corpo e sua voz tremiam. O Gustavo respirava com dificuldade. Calei pesada de tanto medo. O sorriso com que um pouco antes tentei estabelecer minha superioridade na discussão sumiu. Devo ter perdido a cor. Era urgente mudar meus planos. Então, depois de um silêncio bastante prolongado, em que apenas as respirações se ouviam, ataquei com meu plano B.

Com a voz mais macia que naquelas circunstâncias consegui, disse que minha proposta era apenas uma advertência para que mudássemos o modo como nos vínhamos tratando. Ele voltou a sentar e suas mãos finalmente abriram-se, pendentes, a própria imagem da derrota. Me contou, então, que a pescaria daquela tarde tinha sido apenas pretexto para conversar com o Valdir sobre os problemas que vínhamos enfrentando em casa. O Valdir não quis ouvir, o filho da puta. Só queria saber de pescar.

E, enquanto me contava aquilo, as lágrimas desciam aos borbotões pelo seu rosto.

Pouco dormi naquela noite. Cochilei algumas vezes, mas despertava ao menor movimento. Não havia mais dúvidas quanto às intenções do Gustavo, e meus pensamentos todos eram confusos e com cheiro de medo.

A LIGAÇÃO CAIU? Ele não deve ter acreditado. Que droga, a bateria descarregou. Desliguei o celular em cima do ouvido do Gustavo. Ele deve ter ficado ofendido e furioso comigo.

Almoço de confraternização?, ele gritou, e não tive tempo de dizer onde nem com quem. Falei com voz branda e isso já é motivo suficiente para que meu marido fique desconfiado. Ele se queixa que eu sou uma escuridão de mistério. Quando pareciam ter acabado nossos problemas, logo depois daqueles quinze dias em que fiquei com minha mãe, não sei que bobagem eu disse pra ele começar a me ofender. Ora, isso também não, não é do meu feitio aceitar. Não te compreendo e acho que nunca vou te entender, já me disse uma porção de vezes.

Um dia estávamos sentados na varanda quase namorando, pois tínhamos vencido uma semana sem qualquer aspereza no trato. Eu estava sossegada, apenas gozando uma brisa que acabava de pular o muro pra me refrescar. A gente costuma pensar no corpo quando sofre alguma dor ou um simples desconforto. Pois eu estava sentindo prazer, sentada, os olhos semicerrados, prestando atenção apenas com minha pele porque os pensamentos acho que passavam voando muito alto e não desciam para atrapalhar aquela fruição. De repente o Gustavo me olhou de perto e disse, Eu era capaz de pagar tudo que eu tenho pra saber o que passa por essa cabeça.

Conhecia bem o meu marido para saber que ele tinha ficado questionando por que motivo eu não tinha avisado nada sobre o almoço no dia anterior ou mesmo naquela manhã antes de sair. Era o jeito dele. Qualquer palavra, o gesto mais insignificante que partissem de mim, ele podia ficar calado horas ou dias, então, inesperadamente, voltava ao assunto. Mal sabia o coitado que foi tudo combinado pouco antes do meio-dia, uma ideia da Lurdinha a que o pessoal aderiu imediatamente. Ele só teve tempo de gritar, Um almoço de confraternização?, e a bateria acabou.

Pouco tempo depois, o Gustavo aparecia na recepção a perturbar as meninas querendo saber que confraternização era aquela, e onde era, com quem, mas elas não sabiam de nada, uma invenção da Lurdinha, ideia que ela teve na hora e pouca gente ficou sabendo.

— Escuta aqui, garota, alguém já disse hoje que você é a recepcionista mais bonita da cidade?

Aquilo bem o jeito do Gustavo, quando se botava no papel de sedutor. Ele pensou que não estivesse sendo reconhecido. Mentiu que tinha sido convidado, mas que não sabia o endereço. E insistiu até que uma das meninas foi até a sala das enfermeiras e lá descobriu que alguns médicos e uns tantos enfermeiros saíram dizendo que fariam um almoço de despedida de ano. Acabou descobrindo o endereço. O Gustavo pegou o pedaço de papel com mão trêmula e o guardou no bolso da camisa. Nem agradeceu e saiu como doido, o carro cantando os pneus e levantando fumaça.

Quando ouvi tocar a campainha, meu corpo encolheu-se num arrepio súbito como se tivesse ouvido soarem as trombetas do inferno. Minhas pernas esconderam-se debaixo da cadeira, perdi o comando dos braços, estendidos mortos sobre a mesa. Não sou nenhuma pitonisa, mas também não sou tão tola que não intuísse naquele toque nervoso, com raiva, o dedo do Gustavo como agente. Logo depois, meu nome numa voz vinda de algum túmulo. Minha imaginação me paralisou. No instante em que ia dar o endereço do lugar onde almoçaríamos, a carga da bateria acabou. Cheguei a pensar num telefone público, ou no celular de algum colega, mas a saída em bando do hospital, as conversas e risadas, tudo contribuiu para que deixasse pra depois. E depois foi o Gustavo tocando uma campainha e berrando meu nome com uma voz que subiu de seus intestinos.

O que cegou a razão do Gustavo, depois ele me contou, foi ver um médico sentado a meu lado, conversando comigo e rindo. Eu estava congelada como estátua de granito. Ao ouvir meu nome gritado numa voz quase irreconhecível, não tive mais movimento. O dr. Leandro falava comigo, sem suspeitar do que acontecia, mas eu já não ouvia mais nada, até sentir seus dedos me agarrando pelos cabelos. Então eu quis desmaiar, mas não consegui. Não, aquilo não estava acontecendo comigo, e se sobrevivi, foi porque a gente sempre acorda dos pesadelos. Me deixei cair e arrastar, imóvel, pois sabia que tudo aquilo teria um fim.

Homens e mulheres pularam sobre o Gustavo e, quando abri os olhos, me pareceu que ele seria linchado. Mas aí eu já completara o plano que há algumas semanas vinha elaborando. Me levantei e pedi que deixassem meu marido em paz, que já estava na hora mesmo de voltar pra casa. E sob dezenas de olhares incrédulos saímos os dois, muito casados, lado a lado, pelo portão da frente.

Só quando chegamos a casa e guardamos os carros foi que conversamos a respeito do que se passou no barracão do almoço. Gustavo estava mais pálido que o costume, respirava em sorvos curtos de ar e não tinha coragem de me olhar nos olhos. Estava com vergonha e com medo da condenação. Comecei apenas comentando que as baterias de celulares, quando mais se precisa deles, perdem a carga. Parece de propósito. Tentei rir, mas a falta de reação dele não me permitiu.

Sentamos em duas poltronas e ficamos muito tempo com os olhos nadando no espaço vazio, sem saber, nós dois, o que dizer. Eu, na verdade, não tinha vontade era de dizer mais nada. Queria, contudo, que o Gustavo acreditasse em mim, por isso depois de muito tempo, disse a ele que não se preocupasse com o que tinha acontecido. De minha parte, nem me lembrava mais de nada.

Aos poucos fomos voltando a falar, e falamos até o riso nascer. Mais uma vez nosso casamento estava salvo.

Passaram-se duas semanas de paz, como se reinventássemos a lua de mel.

Quando voltei ao hospital, os colegas fizeram roda em minha volta, cada qual se empenhando mais na minha defesa, e as ofertas de ajuda, de testemunho em um BO, mas como, ainda não registrou um BO?, que qualquer coisa fariam pra botar aquele animal na cadeia. Nunca me vi tão calma. Eu sabia que metade dos colegas me olhava agora com algum desprezo. Mulher que apanha e não tem coragem de denunciar o marido. Um trapo.

A Lurdinha me empurrou para uma sala e trancou a porta. Me fez sentar a seu lado e disse que não se conformava, que nunca tinha me imaginado tão passiva assim. Mulher que gosta de apanhar, ela disse enrugando a boca com desdém. Existe delegacia especializada, ela repetiu colérica. Especializada, entendeu? Coitado, eu disse, ele está com uma depressão profunda. Ela tinha que entender isso. Levantou-se brusca, me olhou na cara e apenas disse:

— Bah!

Em seguida retirou-se batendo a porta, me deixando sozinha com meus pensamentos embaraçados.

Como chegamos a este ponto, nós dois, como pôde acontecer tudo o que aconteceu, se há pouco mais de dois anos seria absurdo pensar em tais possibilidades?, que itinerário percorremos inscientes para que não percebêssemos o que sucedia conosco?, essa ladeira escorregadia em que se tornaram nossas vidas? Não se vai de santo a demônio sem que seja por veredas de pedra e fogo, e se existe culpa, quem deve arcar com seu ônus? Não tenho dormido horas intermináveis, meus olhos em brasa dia e noite contemplando o abismo em que despencamos.

Agora estou aqui, morando com minha mãe. Ela viúva cheia de saudade. Eu viúva sem remorso algum.

Este livro foi composto em Minion Pro
e impresso em papel pólen bold 90 g/m²,
em outubro de 2021.